# 中国历史故事集

## 宋朝篇

华伟 著

長江出版傳媒 | 长江文艺出版社

**图书在版编目（CIP）数据**

中国历史故事集. 宋朝篇 / 华伟著. -- 武汉 : 长江文艺出版社, 2025. 6. -- ISBN 978-7-5702-3942-9

Ⅰ. I247.81

中国国家版本馆 CIP 数据核字第 20258M46S8 号

中国历史故事集. 宋朝篇
ZHONGGUO LISHI GUSHI JI. SONGCHAO PIAN

责任编辑：毛劲羽　　责任校对：程华清
封面设计：胡冰倩　　责任印制：邱　莉　胡丽平

出版：长江出版传媒　长江文艺出版社
地址：武汉市雄楚大街 268 号　　邮编：430070
发行：长江文艺出版社
http://www.cjlap.com
印刷：中印南方印刷有限公司

开本：640 毫米×970 毫米　1/16　　印张：7.5
版次：2025 年 6 月第 1 版　　2025 年 6 月第 1 次印刷
字数：72 千字

定价：25.00 元

# 目　录

# 黄袍加身：大宋三百年的传奇开端

在距今 1000 多年前，中华大地经历了一个被称为“五代十国”的纷乱时期。政权更迭频繁，平均每十来年便会有新的王朝崭露头角，而旧的王朝则如流星般陨落，被历史的尘埃所掩埋。

正是在这样一个英雄辈出、王朝更迭如走马灯般的时代背景下，一个名叫赵匡胤的将军，以其非凡的智勇和胆识，逐渐在历史的舞台上崭露头角。

赵匡胤，当时的官职名为殿前都点检，因此也被人们尊称为“赵点检”。正是这位赵点检，通过一场震惊天下的兵变“黄袍加身”，从五代乱世中异军突起，不仅结束了后周政权，更开创了大宋王朝的新纪元。他的故事，不仅是一段充满传奇色彩的历史，更是一曲英勇与智慧的赞歌。

他的生平，就像一幅波澜壮阔的人生长卷，让人惊叹不已。从底层的小士兵到九五之尊的皇帝，他究竟走过了一条怎样的道路？这其中的艰辛与曲折，又有谁能真正体会？

公元 959 年的一个深夜，寒风凛冽，33 岁的赵匡胤迎来了人生中的重要时刻：后周世宗柴荣骤然病逝，7 岁的柴宗训（即恭帝）被扶上皇位，赵匡胤忽然成了朝中举足轻重的人物。公元 960 年正月初一，河北镇州传来八百里加急信息：契丹铁骑南下。宰相范质连夜召赵匡胤入宫。翌日黎明，8 万禁军开拔，行军 20 里，于正月初三驻于陈桥驿。

一路上，将士们说，主少国疑，当立长君。这让赵匡胤心潮起伏。就在他还在犹豫时，掌书记赵普捧着连夜缝制的杏黄袍疾步而来，衣襟还沾着开封城东布庄的金粉。

两人没说几句话，一群醉酒的将领们便撞开了帐门，把赵匡胤按坐在胡床上。帐外随即传来山呼万岁的声浪。那一刻，赵匡胤仿佛被一股无形的力量推动着，一步步走向了那个至高无上的宝座。

“万岁！万岁！”将士们的欢呼声在陈桥回荡，那声音震撼人心。面对将士们的盛情，赵匡胤一脸的惊愕和无奈。他口中嘟囔着：“你们这帮家伙，自贪富贵，却要立我为天子……”然而，他的内心却充满了狂喜和期待。他知道，这一刻将永远铭刻在历史的长河中，成为他一生难以忘怀的记忆。

为了这一刻的到来，他和同事们已经精心策划了半年之久。他们小心翼翼、步步为营，生怕走漏半点风声。因

陳橋驛
趙

为他们知道，一旦失败必将面临灭族之灾。

如今终于苦尽甘来，他如愿以偿地披上了那件黄袍。袍上精心绣制的九条金龙在烛光下熠熠生辉，仿佛在诉说着一个新时代的来临。深夜，赵匡胤在烛光下细细端详着这件黄袍，金龙的数量和位置都清晰地印在他的脑海中：前面五条、后面两条、左右肩膀各一条。这件黄袍将成为他的战袍，陪伴他征战四方、让他权倾天下。

正月初四，大军回师汴梁。早有安排的朝阳门守将石守信撤防，范质在崇元殿前交出玉玺，赵匡胤顺利坐上了龙椅。

当太阳再次升起的时候，赵匡胤的名字已传遍天下。一切的辉煌和荣耀都源于那件熠熠闪光的黄袍。它不仅是权力和地位的象征，更是赵匡胤智慧和勇气的见证。

回想起自己的前半生，赵匡胤不禁感慨万千。他出生于军人世家，父亲赵弘殷是个勇猛善战的武将，他从小受到父亲的熏陶，也期望能在战场上建立功勋。

赵匡胤年少时，便展现出了非凡的勇气和智慧。他曾独自一人驯服一匹烈马，当马儿跑到城楼的斜道时，小赵匡胤的额头重重地撞上门楣，却毫发无伤地爬起来继续驯马。这一幕让周围的人惊叹不已，也预示着他未来不同凡响的命运。

在成长的道路上，赵匡胤历经磨难和考验。他曾在少林寺学武，每天挑水练拳，打下了良好的武术基础。这段经历不仅锻炼了他的体魄和意志，更培养了他坚韧不拔、勇往直前的性格。正是凭借着这种性格和勇气，赵匡胤在后来的政治和军事斗争中才能屡建奇功、化险为夷。

除了勇气和智慧之外，赵匡胤还具备着深远的政治眼光和高超的谋略。在五代十国的乱世之中，他敏锐地察觉到了时代的变迁和机遇的来临。他明白只有掌握兵权才能在这个乱世中立足。于是他凭借自己的才能和胆识逐渐在军队中崭露头角，最终成为后周的一位重要将领。

然而赵匡胤的野心并不仅仅满足于成为一名将领，他渴望更高的权力和地位。为了实现自己的梦想，他开始精心策划一场惊天阴谋——所谓黄袍加身，其实就是利用假情报引诱敌军入侵，然后发动兵变，一举夺得皇位。整个过程堪称兵不血刃、平稳过渡。后来他不仅结束了长达近70年的藩镇割据混战局面，更开创了大宋王朝的新纪元。

赵匡胤的成功并非偶然，他是凭借着勇气、智慧和谋略一步步走向辉煌的。

如今，我们回首那段波澜壮阔的历史时，不禁为赵匡胤的勇气和智慧赞叹不已。他的黄袍加身不仅改变了个人的命运，更影响了整个历史的走向。

在那个风起云涌的时代，赵匡胤的崛起也离不开他身边的得力助手和智囊团。其中最为著名的便是他的弟弟赵光义和智谋过人的谋士赵普。他们在赵匡胤的夺权之路上起到了关键的作用，为他的成功立下了汗马功劳。

赵光义，作为赵匡胤的亲弟弟，一直坚定地支持着哥哥的事业。他勇猛善战，是赵匡胤在战场上的得力助手。

在陈桥兵变中，他更是亲自率领一队精锐士兵，为赵匡胤保驾护航，确保了整个兵变的顺利进行。

而赵普，则是赵匡胤身边的智囊。他精通兵法、策略，善于揣摩人心。在赵匡胤谋划夺权的过程中，赵普为他出谋划策、排忧解难。正是有了赵普的鼎力相助，赵匡胤才能一路披荆斩棘，最终登上皇帝的宝座。

除了赵光义和赵普之外，赵匡胤的身边还聚集了一批忠诚的将士和谋士，他们共同为赵匡胤的事业奋斗着。

在黄袍加身之后，赵匡胤并没有沉迷于权力而停滞不前。相反，他更加勤奋地治理国家、发展经济、改善民生。他推行了一系列改革措施，使得大宋王朝逐渐繁荣昌盛起来。

在政治上，赵匡胤加强了中央集权，削弱了地方割据势力。他推行科举制度选拔人才，使得更多有才能的人能够进入官场为国家效力。同时他还减轻了百姓的赋税负担，让人民过上了安定的生活。

在赵匡胤的领导下，大宋王朝逐渐崛起，成为当时世界上最强大的国家之一。他的治国理念和政策措施不仅赢得了人民的拥护和爱戴，更让后世的统治者们纷纷效仿和学习。

然而，英雄也有迟暮之时。赵匡胤晚年时逐渐感受到了权力的孤独和无奈。他身边的亲信和功臣们纷纷离世或老去，让他倍感寂寞和失落。最终，在公元 976 年的一天夜里，赵匡胤离开了人世。他的离世让整个大宋王朝为之悲痛不已。然而他的精神和事业却永远留在了人们的心中，成为一段永恒的传奇。

# 烛影斧声：一个好人离奇死亡

宋太祖赵匡胤心地善良、疾恶如仇、宽容大度、勤奋好学，还特别节俭，简直就是完美的化身。

赵匡胤不仅是个好人，还是个高手，武艺高强，拳法棍法样样精通。《西游记》中就有孙悟空借赵匡胤夸自己的话："一条杆棒等身齐，打四百座军州都姓赵。"这可不是吴承恩瞎吹，戚继光的《纪效新书》里都记着"宋太祖有三十二式长拳"。金庸老爷子更是在《天龙八部》里让乔峰大战聚贤庄时用了这套"太祖长拳"，说这是当时所有练武之人的必修课，可见咱太祖的武功是多么深入人心。

除了武艺高强，赵匡胤还特别讲义气，著名的京剧《千里送京娘》讲的就是他护送美女赵京娘回家的故事。路上京娘对他那叫一个心动，甚至想以身相许。但赵匡胤觉得乘人之危不地道，愣是给拒绝了，最后只认了个兄妹。这事儿传出去后，赵匡胤的义气之名那是更响了。

不少英雄好汉都围着他转，比如“义社十兄弟”，后来都成了他陈桥兵变、黄袍加身的重要后盾。

当上皇帝后，赵匡胤也没像其他开国君主那样，动不动就杀人全家。他反而对后周皇族特别好，不但封官赐爵，还发了免死金牌，说就算他们谋反，也别市曹刑戮，关起来赐死就行，连家人都不许牵连。这规矩还刻在了“三誓碑”上，让后世皇帝都得遵守。

所以《水浒传》里的柴进，虽然是后周皇族，却敢收留那么多反抗官府的英雄好汉，也不怕官府抓，就因为有这免死金牌护着。

赵匡胤这人，说话算话，从不食言。吴越国王钱俶虽然割据一方，但名义上还是臣服于中原朝廷的。赵匡胤想见见他，就让他来开封，还保证他的人身安全，说完了就放他回去。钱俶一来，宋朝大臣们都想扣留他，逼吴越国投降，但赵匡胤不干。他还当着大伙儿的面说：“只要我还活着，就不杀钱王。”

钱俶回去的时候，赵匡胤还给了他一个黄皮包袱，让他路上偷偷看。钱俶打开一看，里面全是大臣们要求扣留他的奏折，这才知道赵匡胤有多仗义，从此对宋朝更是忠心耿耿。

赵匡胤当了皇帝后，还实行了“崇文抑武”的政策，让文化人儿有了春天。宋朝的文化那叫一个繁荣，后人都说宋朝是“文人的乐园”。没有赵匡胤，就没有“不得杀士大夫及上书言事人”的遗训，也就没有后来的柳永、苏东坡、李清照、王安石、范仲淹、欧阳修、辛弃疾这些大文豪了。赵匡胤对外南征北战，对内也有手段，跟手下将领喝喝酒、聊聊天，就把兵权收回来了，政权稳如泰山。

可是，这位皇帝生得光明磊落，死得却不明不白。这就是历史上著名的“烛影斧声”事件。

说实话，这事件被传得邪乎，实际上有很多演绎的成分。我们不妨猜想如下。

一个寒风怒吼的冬夜，皇宫之中，重重宫墙隔绝了外界的喧嚣，却隔绝不了内部的波澜。赵匡胤，这位大宋的开国皇帝，在历经沙场与朝堂的种种考验后，最终陷入了一场深不见底的权力漩涡。

当夜，赵匡胤独坐于御书房，昏黄的烛光映照着他沉思的面容。书房外，老宦官小德子守候着，心中忧虑重重。他深知，皇帝近日来心事重重，对朝中的武将颇为忌惮。

“陛下，夜色已深，保重龙体要紧。”小德子轻声劝道。

赵匡胤抬起头，双眸中闪烁着复杂的情绪，“小德子，这朝堂之上，谁又能真正值得信赖呢？”

小德子心中一紧，却只能垂首道：“陛下圣明，自有明断。”

就在此时，急促的脚步声打破了夜的宁静。一名侍卫神色慌张地闯入书房，跪地禀报：“陛下，赵光义将军求见，言称有紧急军情！”

赵匡胤眉头紧锁，“赵光义？此时求见，究竟有何要事？”

侍卫道："将军言，北方辽军有异动，恐对我朝不利。"

赵匡胤闻言心中一震。他深知，与辽国的和平局面一直岌岌可危，此刻听闻辽军有异动，不由得不心生警惕。他沉声道："传赵光义进见。"

片刻后，赵光义踏入书房。赵光义是赵匡胤的弟弟，他一身戎装，神色凝重道："陛下，辽军在边境集结重兵，意图不明。我朝需立即加强防备，以防不测。"

赵匡胤目光锐利如刀，"光义，你认为该如何应对？"

赵光义深吸一口气，"陛下，唯有立即调集精锐之师加强边防，同时密切关注辽军动向，方可确保万无一失。"

赵匡胤沉吟片刻，最终点头道："好，此事便交由你去办。务必小心行事，不可有任何差池。"

赵光义领命而去，书房内再次恢复了寂静。然而这寂静之中却隐藏着汹涌的暗流。

赵匡胤深知，朝堂之上的权力争斗从未停歇，而他，必须在这场争斗中保持清醒与警惕。

然而，就在这场风波未平之际，赵匡胤却突然驾崩。这一消息如同晴天霹雳般震惊了朝野上下。关于他的死因众说纷纭，而最为人所瞩目的便是那“烛影斧声”。

据传在赵匡胤驾崩的那晚，御书房内曾传出激烈的争吵声与斧劈之声。有人隐约听到赵匡胤的怒喝与赵光义的辩解，随后便是斧子劈砍的声响与赵匡胤的惨叫。紧接着书房内的烛光突然熄灭，一切归于死寂。侍卫们冲进书房时，只见赵匡胤已倒地不起。

此事件成为赵匡胤传奇一生的最大疑团，也成为后世无数史家探究的焦点。尽管史册上未有确凿记载，但“烛影斧声”的传说却在民间广为流传，引人遐想无限。

赵匡胤的离世不仅令大宋王朝陷入动荡之中，更改变了历史的走向。赵光义继位后虽继续推行赵匡胤的政策，但他的统治手段与风格却大相径庭。这在一定程度上影响了大宋王朝的命运与走向。

如今，赵匡胤的死因依旧扑朔迷离。无论真相如何，赵匡胤作为大宋的开国之君，其丰功伟绩与辛勤付出皆是不容置疑的。

# 庆历新政：知识分子的倔强

话说北宋第四位皇帝宋仁宗在位时，国家正是蒸蒸日上，人口、经济、文化全面开花，简直就是个盛世大派对。可这位皇帝也有头疼的事儿，政府里头“冗官、冗兵、冗费”这三大问题，比春节的鞭炮声还响亮；尤其是跟西夏的几场仗打输了，更是给军民心里头添堵。

这时候，宋仁宗决定要给这国家来个“大变身”，史称“庆历新政”。而这场改革，简直就是范仲淹的个人秀。一个文臣，竟然是因为打仗打得好，才被大领导看上的，你说这事儿新鲜不新鲜？

范仲淹，公元 989 年夏天出生在苏州大院，他爹是个普通官员。说起来，范家也是有过辉煌的，先祖是唐朝的宰相范履冰。范家本来在陕西混得风生水起，后来因为一些曲折离奇的故事，举家搬迁到了江南水乡。

范仲淹他爹范墉，原本是吴越王钱俶的手下，后来跟着一起投降了大宋，做了个芝麻小官。不幸的是，他爹因为生病，扔下两岁的范仲淹就撒手人寰了。为了生存，他老妈谢氏只好改嫁。范仲淹一直到 22 岁才知道自己的身世，这个家庭故事那叫一个狗血。

范仲淹是个有志青年，天天埋头苦读，梦想着实现知识分子的终极理想——修身齐家治国平天下。他的第一个伯乐，名叫晏殊，就是那位写出“无可奈何花落去，似曾相识燕归来”的太平宰相。这俩人的性格，那真是天差地别：晏殊是个怕事躲事的主儿；范仲淹呢，那是举着砍刀往枪口上撞的猛男。更逗的是，晏殊虽然是范仲淹的老师，却比范仲淹还小两岁。这对师生组合，真是够奇葩的。

为什么说改革这事儿就得交给范仲淹呢？因为他够固执、够倔强！公元 1028 年，他给朝廷写了封信，长达 1 万多字，名叫《上执政书》。在这封信里，他建议进行干部改革，裁撤一些部门。宋仁宗一看，嘿，这小伙子有意思，立马就对他产生了兴趣。

这年冬天的时候，仁宗把范仲淹召到宫里，打算重用他。不过一开始的职位并不高，就是个皇家高级图书校对。第二年，19 岁的仁宗打算按照惯例，带着百官去给把持朝政的章献太后祝寿。大家都觉得这是理所当然的，仁宗和太后也没觉得有啥不妥。可这时候范仲淹站出来了，他说这种祝寿方式混淆了家礼和国礼，有损皇帝威严。结果，庆祝活动就这么被取消了。

范仲淹还不满足，又上书太后，请求她把政权还给仁宗。公元 1033 年，章献太后驾崩，仁宗第一时间把范仲淹叫到汴梁，任命他为右司谏。范仲淹能在中年实现自己的理想，全靠遇到了宋仁宗。这俩人虽然是君臣关系，但心里头那叫一个亲近。

范仲淹看着国家的种种弊病，心里急得跟热锅上的蚂蚁似的。当时文官三年升一次职，武官五年升一次职，不管你是干事的还是混日子的，是贤能的还是无能的，只要年资一到，都能升迁。这种机制，就导致混日子的人越来越多。

公元 1043 年，仁宗迫不及待地任命范仲淹为参知政事，也就是副宰相。仁宗知道范仲淹有真才实学，但范仲淹一直不肯出条陈对策。仁宗心想，得再添把火。于是，他决定为范仲淹开龙图、天章二阁，以极高礼遇对待他。

范仲淹一看，这机会来了，连夜写了《答手诏条陈十事》，直指时弊。他说，咱们国家革了五代之乱、富有四海都 80 年了，可纲纪制度却越来越差，官员冗余、百姓困苦、外敌嚣张、盗贼横行，不改不行啊！他提出的对策有 10 条，包括明确升降标准、抑制侥幸心理、改革科举制度、选拔优秀官员、均分公田、重视农业、加强武备、推行恩信、重视命令的执行、减轻徭役。

仁宗一看，嘿，这主意不错，全收了！一场轰轰烈烈的新政就这么开始了。

在离首都一箭之遥的邓州，范仲淹写出了《岳阳楼记》，这是一篇屈原式的政治宣言书。范仲淹以参知政事的身份主持新政，因为深知官场弊病——升官不靠才能和成绩、只靠年资，所以他在选择官员的时候特别严厉。他手里有本册子，记录着官员的主政情况，谁不称职，他就一笔画掉，一点情面都不给。

范仲淹的老同事富弼就不以为然了，他觉得范仲淹这么做太容易得罪人了。富弼说：“你这一笔画下去，就会有一家人痛哭啊！”当时的官员全靠年资积累升官、荫子政策得官，一个人当官，就意味着一家人都很有机会当官。富弼的担忧在于，范仲淹的政策推行得太严厉，树敌太多，给新政带来的阻力和隐患也就难以预知。

范仲淹是个什么样的人呢？他要“先天下之忧而忧，后天下之乐而乐”。他说：“一家人哭，总好过一个地区的人哭。”新政实施后，恩荫减少、磨勘严密，那些希图侥幸的人深感不便，于是毁谤新政的言论逐渐增多，指责范仲淹等是“朋党”的议论再度兴起。宋仁宗此时并未站在范仲淹一方，他心里对范仲淹也起了怀疑。

范仲淹一面反驳，一面把更多的精力放在了推行新政上。他从一开始就不愿意急切开展改革，在宋仁宗的急切推动下，他才提出 10 条可以先期推行的对策。他认为既然新政已经开始，就不能回头。随着改革的逐渐展开，他又渐次提出新的对策。

第二年的五月，范仲淹和韩琦又向宋仁宗提出 7 条建议，包括“再议兵屯、修京师外城、密定讨伐之谋”等，并且请求扩大相权，由辅臣兼管军事、官吏升迁等事宜。

可随后发生的一件事，让范仲淹等新政人物彻底灰心。庆历四年六月，夏竦给了他们致命一击。夏竦伪造书信，污蔑新政人物想要废掉宋仁宗。宋仁宗表态他不相信范仲淹等人会行废立之事。但范仲淹等人已经心中惶恐。

这时，边界上又起争端，范仲淹借机请求前往前线。随后，推行新政的主要人物富弼、韩琦等人也都先后离开中央。宋仁宗先是于庆历五年二月初四宣布罢磨勘新法、任子新法；又于二十三日废除科举新法，恢复旧制。

至此，庆历新政彻底失败，从庆历三年秋到庆历五年春，历时仅仅一年零四个月。这场由范仲淹主导的改革大戏，就这样以一种无奈而悲壮的方式落幕了。但范仲淹的倔强和坚持，却永远留在了人们的心中，成为一段不朽的历史传奇。

# 狸猫换太子：厚道的君王

在中国历史的长河中，有那么一位皇帝，他不像秦始皇那样霸气侧漏，也不像唐太宗那样英明神武。他更像是邻家那位和蔼可亲的大哥，让人忍不住想亲近。没错，他就是宋仁宗赵祯。

宋朝的皇家教育里，虽然也教“厚黑学”和驭人之术，但相比其他朝代，已经算是非常仁慈、平和了。尤其是开国皇帝赵匡胤留下的“不杀文人与谏臣”的遗训，让权力在宋朝变得温柔起来。这也让宋朝在中国历史上成为一个比较特殊的存在。

宋朝的皇帝们，个个都有文艺细胞，做起事来也是讲究艺术感的。赵匡胤当年“杯酒释兵权”就是典型的一例。用两个字来形容宋朝皇帝，那就是“善良”。而在这方面，赵祯作为宋真宗的第六子（他的五个哥哥都夭折了）、大宋第四任“董事长”，可以说是把“善良”做到了极致。

他 13 岁就登基了，一直干了 42 年，是两宋时期坐龙椅时间最长的皇帝。说到宋仁宗，其实他有个非常知名的故事，那就是“狸猫换太子”。这个故事传奇又精彩，最早出自元杂剧《金水桥陈琳抱妆盒》，后来被写进了明代小说《包公案》卷七的《桑林镇》、清代小说《三侠五义》等作品里。清末，这个故事还流传到了上海的租借地，被改编成京剧搬上了戏台；演出后轰动上海，后来又被改编成评剧、豫剧、黄梅戏、吕剧、湘剧、潮剧等各种剧种，竞相传唱。

故事的核心剧情就是：在宋真宗时代，刘妃与内监郭槐合谋，用剥了皮的狸猫换走了李宸妃所生的婴儿，李宸妃因此被打入了冷宫。真宗死后，仁宗赵祯即位，包拯奉旨赴陈州勘察国舅庞昱放赈舞弊案。途中，包拯受理了李妃的冤案并为她洗冤，最后迎李妃还朝。

在真相浮出水面前，宋仁宗一直被刘太后“PUA”（“情感操控”），这可能也养成了他的谨小慎微和待人和善的性格。但奇怪的是，经历过如此波折的人，居然没有黑化，反而更加待人客气了。

据说他曾多次向一位学者请教周易，每次开头都是一句：“我总是打扰你，真的不好意思。”听听，这像是一个皇帝说的话吗？简直比邻家大哥还客气！

还有很多人知道这样一个故事：当年包拯任监察御史和谏官期间，曾多次跟仁宗当面理论，唾沫星子都飞溅到仁宗脸上了。在别人看来，这算是龙威尽失了，当事人怎么发脾气、发神经都不为过。可是仁宗呢，他一边微笑，一边用衣袖擦脸，最后还接受了包拯的合理化建议。就这一点来看，仁宗的胸怀在中国古代皇帝里简直是登峰造极了。

历史上还有几则关于他的小故事，听完之后你更会觉得这位皇帝厚道得不像话。

一是嘉祐六年（公元 1061 年），苏辙参加制举科殿试，在试卷里愤然写道：“我听人说，宫中美女数以千计，只以饮酒作乐为生；皇上既不关心百姓疾苦，也不跟大臣商量治国安邦大计。”放在其他任何朝代，苏辙肯定脑袋搬家了。但仁宗却说：“朕设立科举，本来就是要欢迎敢言之士。苏辙只是一个平民，敢于如此直言，应该特予功名。”最终，

苏辙与兄长苏轼同登制举科。

二是四川有个牛气冲天的文人，献诗给成都知府：“把断剑门烧栈道，西川别是一乾坤。”这明显是鼓动四川割据独立啊！成都知府赶紧上报朝廷。仁宗一眼就看透了这个文人的小心思，说：“老秀才要官耳，不足治也。给他个小官。”

三是仁宗似乎没什么主见，政事无论大小都交给廷臣公议，议出一个结果再施行。时人都说仁宗“百事不会，只会做官家”。但也有人说，这正是仁宗“无为而治”的高明之处。

四是欧阳修写过一篇《朋党论》，为朋党正名，提出君子结党之说。这可以说是北宋政党政治之理论先河了。一般这都是统治者所警惕的，但仁宗却“终为感悟”，觉得朋党是有存在价值的。

五是宰相夏竦死了，仁宗很痛惜，大方地给他赐了个谥号“文正”。状元出身的刘原父很不爽，上疏质问皇帝：“谥者，有司之事，陛下奈何侵之乎？”仁宗很不好意思，最后把谥号改成了“文庄”。

六是有个大臣叫张知白，说话从来不避讳。有一天仁宗找他谈话，说他孤单的原因是说话太直，不懂得迂回。张知白硬生生回了一句：“臣非孤寒，陛下才孤寒。”这话戳到了皇帝的痛处，因为几个皇子确实都夭折了。但仁宗没有较真，更没有降罪，张知白则继续做他的台谏官。

看看，这么有权力的人，却那么厚道。真的是前无古人、后无来者啊！

很多人都在研究一个问题：为什么宋朝能出包拯、欧阳修、晏殊、柳永、范仲淹、苏轼这些牛人？有仁宗这样的皇帝是重要原因之一。

仁宗并非是非不分，相反，他的眼光很毒。仅凭一篇策论，他就判断苏轼兄弟大有前途。他按捺不住内心的兴奋，对皇后说：“又为子孙得太平宰相两人。”

历史上有“仁宗养士，三代受益”的提法。这么说很贴切，完全没毛病。仁宗对人才简直是溺爱和纵容。有他的宽容，大宋的人才密密麻麻地生长起来，茂盛葳蕤。像艳情词人柳永那种自由散漫、胆大包天、敢于讽刺最高权力的人，如果没有一个宽容的环境，早被砍头无数次了。

嘉祐二年（公元 1057）的科考被誉为“千年科举第一榜”，出了无数名人。及至后来，人才都有些泛滥了。政治方面有范仲淹、吕夷简、杜衍、包拯、韩琦、富弼、文彦博、狄青、张方平、范镇、吕惠卿、宋庠、曾布、章惇、王安石……文化方面更多，有苏洵、苏轼、苏辙、曾巩、欧阳修、柳永、晏殊、宋祁、梅尧臣、苏舜钦、黄庭坚、张载、周敦颐、程颢、程颐、沈括、宋敏求、范祖禹……是不是眼睛都看花了？这些人，大部分人比仁宗还有名呢！

这正是仁宗可骄傲之处。他完全可以仰天说一句：“我愿意，为这些牛人们做背景！”

还有啊，唐宋八大家有六位生活在仁宗时期；世界上

最早的纸币（交子）出现在仁宗朝；世界四大发明有三项开始应用于仁宗一朝……

不可一世的清朝乾隆皇帝号称“十全老人”，他在晚年郑重地选出了自己的三大偶像。第一个是自己的爷爷康熙，这个可以理解，他自己就是被隔代指定的。第二个是唐太宗李世民，老李是皇帝们的大众偶像，这个也差不多。第三个就是宋仁宗赵祯了。是不是很耐人寻味？

厚道的人，总是会越来越发光的。就像宋仁宗赵祯一样，他的光芒穿越千年时光依然熠熠生辉让人敬仰不已。

# 黑脸判官：大宋的骄傲

话说北宋年间有这么一位奇人，名叫包拯，字希仁。他生于公元 999 年，逝于公元 1062 年，安徽合肥人士，堪称大宋最闪耀的明星大臣之一。他的仕途，那可真是一段传奇，比话本里的故事还要曲折几分。

包拯 28 岁那年，终于考上了进士。这可是光宗耀祖的大事！朝廷一看，哎呀，这人才不能浪费，直接给他安排了个江西永修县县长的职位。这可是多少人梦寐以求的肥差啊！可你猜怎么着？包拯竟然拒绝了！他说啥？他要留在老爹老娘身边尽孝！这理由，听着就让人心头一暖：包拯啊包拯，你真是个柔情似水的汉子！

朝廷一看，这小伙子挺有孝心，行，那就给你换个地儿，安徽和县的“税务局局长”怎么样？够意思了吧？结果，包拯去了没几天，又跑了！为啥？还是为了陪爹妈！这下可好，亲戚朋友都急了，纷纷上门劝说：“包拯啊，你再不出去工作，连饭都吃不上啦！”

直到公元1037年，包拯38岁了，才算是正式出山，当了安徽天长县的县长。这时候，距离他中进士已经过去了10年！有人说，这10年，他都干啥了？浪费光阴啊！可谁知道，这正是包拯的蓄势待发呢！

包拯一上任，就展现了他的非凡智慧。有个农夫报案，说他的耕牛被人割了舌头，求包大人做主。包拯一听，就知道这是报复案。他表面上不理，私下却让农夫把牛杀了卖肉。嘿，你猜怎么着？那嫌疑人果然自己跳出来报案了！为啥？因为宋代杀耕牛是犯法的呀！这一招，真是高明！

到了公元1040年，包拯调任端州。这下子，他的名声更是如日中天。端州是大宋的砚台之乡，每年都有读书人前来搜罗。慢慢地，这砚台就成了腐败的温床。可包拯呢，视砚台如粪土，从不拿去送人。两年后，他离开端州时，行李里竟然连一块砚台都没有！这清廉，真是让人佩服得五体投地！

在包拯的家乡庐州，人们知道包拯当了厅级干部后，他的那些亲戚们就开始嘚瑟了，欺男霸女，无恶不作。包拯一听，火了！他最恨这种人了！于是，他的一个舅舅被抓了现行。公堂之上，包拯毫不留情，脱下他的裤子，狠狠地打了30大板！这下全天下都知道，包拯是个铁面无私的人！

宋仁宗赵祯一看，哎呀，这包拯是个人才啊！我得重用他！于是，包拯从此就像开了挂一样，官职一路飙升。

那些靠特权致富的不法商人，一听包拯的名字，就吓得瑟瑟发抖！

包拯虽然是个“直男”，但他的文学作品也是非常不错的。他刚当官那会儿，踌躇满志，写了一首打油诗：“清心为治本，直道是身谋。秀干终成栋，精钢不做钩。仓充鼠雀喜，草尽狐兔悲。史册有遗训，无贻来者羞。”这首诗虽然看起来有些直白，却闪耀着人性的光芒！

包拯个子不高，但声音洪亮，一开口就让人心惊胆战。他从不靠人脉，只认理儿。所以江湖上有句话说：“关节不到，有阎罗包公。”意思是，如果打官司没有钱疏通关系，不用怕，还有阎王爷和包公做主呢！

包拯的一生，就是战斗的一生。他酷爱斗权贵，打豪强。据统计，被他整下台的高级干部多达 30 人！而且桩桩都是铁案，让人无话可说。他始终用一张黑脸，挡住无数笑脸。

那些想找包拯说情的人，都碰了一鼻子灰。连宋仁宗也不例外。有一次，仁宗想为国丈讲情，结果包拯毫不客气地据理力争，口水都喷到仁宗脸上去了！这包拯啊，真是个官场的另类和理想主义者！

仁宗在位期间，有四个大臣立下了汗马功劳，其中就有包拯。他代表的是公正和法治。慢慢地，很多故事都集于包拯一身。再后来，他就成了“神”！

比如那个知名度超高的“铡美案”，多少戏迷都百听不厌啊！包拯还留下了一个特别狠的家训：“后世子孙仕宦有犯赃者，不得放归本家。亡殁之后，不得葬于大茔之中。

不从吾志，非吾子也。”这意思就是说，如果你们要耍小聪明做非法的事情，死后都不能进祖坟！不听我的话，就不配姓包！

包拯的道德高标还体现在他不仅打坏人，还打闲人。比如有一次，他就弹劾了宰相宋庠。这宋庠可是个牛人啊，连中三元（乡试、会试、殿试都是第一名）！但包拯看他懈怠工作，就毫不客气地批评他“在其位不谋其政”，应该退位让贤！

包拯的可贵之处，在于他只站对、不站队。公元1043年，大宋著名改革家范仲淹开始推行“庆历新政”。朝中大臣纷纷站队，有的反对有的支持。这时包拯被调到中央工作当监察御史了。推荐他的人叫王拱臣，是个著名的保守派。老王以为自己推荐的人一定会站在自己一边，可他错了！

在包拯看来，大宋之所以朝纲不振，就是因为碌碌无为的官员太多！他暗下决心，如果有机会一定要割掉这个毒瘤！而范仲淹的改革重点就是吏治！王拱臣看包拯开始走向自己的对立面很是不满！

这时包拯又开始做让人大跌眼镜的事了！他给朝廷写了篇奏章——《请不用苛虐之人充监司》，提醒宋仁宗改革派里也有坏人！公元1045年春节，范仲淹罢相出走，王拱臣等保守派大放鞭炮以示庆祝！这时老包又站出来了，抛出一篇《请依旧考试奏荫子弟》，拥护范仲淹“以考试选拔士大夫子弟”的政策！

这还不算完！待改革彻底失败后，已身居高位的包拯又写了个奏章名为《七事》，主要论及区别奸忠、不信朋党、信用贤能、治奸佞之人、用人不疑、访才用贤、起用贬逐之臣，大部分观点都与“庆历新政”一致！“王拱臣”们要吐血了！

这样的黑脸判官自我意识这么强，就问你喜欢不喜欢？哎呀，反正我是喜欢得不得了！这样的包拯，才是大宋的骄傲呢！

# 环滁皆山：欧阳修的酒后之作

公元1071年的秋天，颍州（今阜阳）城内的某个古旧大院。

“客人还有多久到？”一个穿着深蓝色粗布大褂的老头问仆人。

“快了，快了！”仆人答道，“老爷不要着急，他们已经在路上了。”

老头喜形于色，拿起桌上的毛笔，沉吟片刻，一番疾书。

他还写下了两个将要到来的客人的名字：苏轼、苏辙。他正是“六一居士”、彼时的北宋文坛盟主欧阳修。他们约好了一起去颍州西湖划船。

这是一个倔强的老头，在官场混了一辈子，十多次提出致仕（退休），但每一次都被朝廷挽留。这个国家离不开他（其实是宋仁宗赵祯离不开他）。

因为这样一位文学巨匠，最能体现大宋“崇文抑武”

的惯例和风尚；让他留在庙堂，既可以体现王朝尊重知识、爱惜人才的态度，又可以从他身上不断汲取艺术的养分。

可是，人都是要老的，神宗熙宁四年（公元 1071 年）六月，欧阳修以太子少师的身份辞职。那年他 64 岁，他终于可以一身轻松。这些年，他对这个国家、对文艺事业太尽心尽力，留下了很严重的偏头痛，医生说这跟他年轻时的抑郁症也有关系。

欧阳先生祖籍江西，出生于四川，他一生 8 次来到颍州生活，最终也在这里入土为安。在数十年时间里，他共为颍州西湖写下 49 首诗词。

有时候词穷，他就开始写大白话——在《采桑子》里，他一连写了 13 首诗，连用 10 个“好”来赞美颍州西湖这颗淮北平原的明珠。

情到深处会孤独，诗的最高境界，其实就是大白话。

苏轼在 8 岁的时候，就熟读欧阳修等 11 位贤士的《庆历圣德诗》，并一脸天真、一厢情愿地称欧阳修为“我师”。

欧阳先生不仅是他的文学偶像，更是他事业上的领路人。地球人都知道，东坡的父亲苏洵直到 27 岁才开始发愤学习，《三字经》上描绘说，“苏老泉，二十七。始发愤，读书籍”。自古以来，如果一个读书人担忧向学的年龄太大，长辈就会用苏洵逆袭的故事教育他。这个来自四川眉州的乡下人，经历过好几次科举失败。但苏洵很倔强，他本能地觉得，文字能让自己扬名，因此，对自己的要求必须更高。

后来他的文章终于被益州知州张方平看到，张惊叹不已，火速写就一封推荐信，让苏洵去京城拜访欧阳修。其实，由于政治理念不同，欧阳修与张方平素有矛盾。

但欧阳修看过苏洵的文章后，赞叹道："后来文章当在此！"马上为苏洵站台。

第二年（公元 1057 年），在北宋最高领导人宋仁宗的充分信任和大力支持下，欧阳修出任知贡举，担任礼部主考官。这是他第一次主持全国的人才选拔。一个历史长河中再普通不过的年份，因为一位开明考官和一大票学霸，变得不再普通。有数字为证，当年共录取进士 388 人，他们中有苏轼、苏辙、张载、程颢、程颐、曾巩、曾布、吕惠卿、章惇、王韶……这一年的科举，可能是古代最为知名的一次。

也是在那几年，包拯、韩琦、文彦博、司马光等强势人物，都得到过欧阳修的推荐和点拨。"唐宋八大家"除了欧阳修自己，其余宋代 5 人均是欧阳修的学生，只留了两把"座椅"给唐代的韩愈和柳宗元。

那么多人一考成名，跟欧阳修的学识、眼光和胸怀密不可分。他这个人，天生的古道热肠、慧眼独具，专门为人作嫁衣裳。他简直就是宋朝文坛的播种机。

就连挑剔的史书也高度评价他，"奖引后进，如恐不及，赏识之下，率为闻人"（《宋史·欧阳修传》）。

欧阳修认为，要扭转文坛风气，必须大量创作切于事实、平易有韵致的文章。欧阳修的内心坦然平和，性格光明磊落，他的政治品格更为人所称道。

就连赵祯（宋仁宗）都当众说:“像欧阳修这样的人才，到哪里去找哟？”（“如欧阳修者，何处得来。”）

欧阳修从懂事开始，就在利用一切可以利用的时间学习。他总结自己的三大灵感来源,是“马上”“厕上”和“枕上”。

这是他一直以来的习惯。才5岁，欧阳修就开始练字。别人家的孩子用毛笔练，他用荻秆练。他练得很辛苦，很用心。

为了看书，他经常跑到随州城南一户姓李的家里借书抄读，练就了一身过目成诵的本事。10岁的时候，他偶然看到一本手抄本的《昌黎先生文集》，如获至宝。他暗暗发誓，以后一定要努力成为韩愈那样的大文豪。

他的科举之路很坎坷，16岁和19岁，他两次落榜，但他从未丧失过信心。

后来他终于走上仕途，人生中第一个顶头上司，就是“西昆体”骨干诗人、以爱才闻名的钱惟演。这个人很厉害，是王子出身，他的父亲是五代十国的最后一个国王——吴越忠懿王钱俶。钱惟演经历过人生的大起大落，体会了世态炎凉，知道自由的重要性。

某个工作日，欧阳修和小伙伴们到嵩山游玩。傍晚，天空飘起了大雪。忽然有一群人来找他们，原来是钱惟演专门指派厨子和歌妓前去助兴。钱惟演还跟欧阳修说：“单位没什么事，你们不用急着回来，在山里好好赏雪吧。”

有此领导，别无所求。

景祐三年（公元1036年），他应范仲淹之邀，加入新政阵营，积极呼吁改革。范将北宋的种种社会问题归咎于腐败，而欧阳修认为，可怕的冗官冗员，才是诸种社会问题的根源。

他们的尝试触犯了某些人的既得利益，很快被各种势力反扑，欧阳修被贬为夷陵（今湖北宜昌）县令。

仁宗知道他只是个读书人，在康定元年（公元1040年）又将他召回汴梁，专修史书。但他一直对改革不死心。

3年后，他又与范仲淹、韩琦、富弼等人联手，推行“庆历新政”，大力改革吏治、军事、贡举法等。

可庆历新政以失败告终，他被贬为滁州（今安徽滁州）太守，后又改知扬州、颍州（今安徽阜阳）、应天府（今河南商丘）。

在滁州，他写下了不朽名篇《醉翁亭记》。

这个有生活情趣的人，经常约朋友去摘荷花，边摘边喝高度白酒，其乐无穷。他好喝酒、爱爬山的天性，在滁州发挥到了极致，他创作了大量跟酒有关的诗词。

当时如果有人跟他在路上偶遇，可能都不知道这个早生白发的中年人是谁，只知道他见人就微微一笑。烈日之下，他的头上还顶着一片荷叶，有点可爱。

徜徉在大自然中，他的思维空前活跃。本来他的《醉翁亭记》开头特别繁杂，用了很多词汇描绘滁州的山，后来他喝完酒，马上就缩写成 5 个字——“环滁皆山也”，成传世名句。

# 把酒问青天：天才的跌宕人生

嘉祐六年，也就是公元1061年，咱们的大文豪苏轼，正式成为凤翔府判官，跻身朝廷官员的行列。他那弟弟苏辙，与他真是兄弟情深，一路送他到郑州才分手。自打离开四川后，这还是他们第一次分道扬镳。

苏辙心里头明白得很，他哥这人，就是直性子，看到好的就夸，看到不好的就批，义气凛然，天不怕地不怕。这种性格，在江湖上倒是能交到一堆朋友；但要是放在官场，嘿，那可就是另一回事儿了。

苏辙担忧得很，一路上叮嘱个不停："哥啊，你到了凤翔，可得学着圆滑点儿，别老在诗里讽刺别人。"苏轼呢，微笑着搓了搓手，点了点头，也不知道听进去没有。

苏轼在凤翔的工作，说白了就是负责皇家的木材供应和西部边防的后勤工作。他的顶头上司是位老乡，太守陈希亮。这位太守啊，身材矮小，是个冷面人，对下属要求特别严格。不过面对苏轼那股子清高自傲的劲儿，他倒是挺包容的。不过这也不见得是好事，如果没人时常敲打敲打，以后说不定会摔个大跟头呢。

在凤翔锻炼了 4 年后，苏轼被调回了首都汴梁。那时候宋仁宗已经去世两年了，继位的英宗皇帝在做藩王的时候就听说过苏轼的大名，想把他召进翰林院。可宰相韩琦却不同意，他说："苏轼这人确实有才，将来肯定能担当大任。但现在还不能提拔得太快，免得引起天下读书人的妒忌，那样反而会害了他。"不得不说，韩琦看人还是挺准的。

于是苏轼就被安排到了登闻鼓院工作。这登闻鼓院主要就是处理文武官员和士民的章奏表疏，相当于北宋倾听民意的机构。苏轼那直爽的性格还是没改。一个天才是挺幸运的，但一个不懂得掩盖锋芒的天才，那结局可能就不太好了。

不管顺境逆境，倔强的苏轼一直在写作，他最著名的作品之一是《水调歌头·明月几时有》，开篇"明月几时有？把酒问青天"，意境深远。

这首词写于宋神宗熙宁九年（1076 年）中秋，苏轼时任密州（今山东诸城）知州，因政治失意、与弟弟苏辙多年未见，于是借月抒怀，既有对宇宙人生的哲思，又寄托了对亲人的思念，更展现了超然豁达的人生态度。词中既有"我欲乘风归去"的出世之念，又有"何似在人间"的入世眷恋，最终以"但愿人长久，千里共婵娟"收尾，将个人悲欢升华为对人间温情的永恒追求，被誉为"中秋词之千古绝唱"。

苏辙曾经说过："东坡何罪？独以名太高。"在那些嫉妒苏轼盛名的人里头，有一位可是中国历史上最著名的科学家。他就是沈括。这位百科全书式的大科学家，科学态度那是相当严谨。但当他把这种严谨劲儿用到琢磨人上头去的时候，那破坏力可就大了去了。他的嗅觉灵敏，善于从别人的诗文中嗅出异味来，“上纲上线”的本事也是一流的。

沈括跟苏轼曾经是皇家图书馆的同事，多次在一起切磋文学。可后来沈括受到了改革派王安石的重用，就把偏向保守的苏轼列为了攻击目标之一。针对苏轼的第一封举报信，就是沈括这哥们儿发出的。他这可是要置前同事于死地啊！

一向很有主见的神宗皇帝这回也犯难了。他知道苏轼是个尽心尽职的好同志，但那一众高级官员步步紧逼、苦口婆心地劝他：“苏轼这人啊留不得！”御史何正臣上表弹劾苏轼讥刺朝政；御史李定也跳出来指证苏轼有“四大可废之罪”；还有那个监察御史台里行舒亶，历时 4 个月从苏轼刚出版的诗集里找出了严重的“思想问题”。他弹劾道：“包藏祸心、怨望其上、讪渎谩骂而无复人臣之节者未有如轼也！”总之，在这些人眼里，苏轼简直就是古往今来第一骗子！他善于在文字里埋藏真实想法，用心极其险恶！

皇上案头关于苏轼诗案的举报材料堆得跟小山似的，调查范围还在不断扩大化，所有收到过苏轼诗作和书信的人，都得交出来以待查验。收藏苏轼讥讽文字的人物名单里头，有司马光、范镇、张方平、王诜、苏辙、黄庭坚等 29 位大臣名士，在御史台提交的案件资料里头，还包括苏

轼本人交代的数万字材料！

明眼人都能看出来，这是一起蓄意针对苏轼、经过精心策划且有组织有分工的攻击！一番操作下来，苏轼终于被关进了大牢，史称“乌台诗案”。

朝廷和民间为了到底杀不杀苏轼这个问题展开了大讨论。最后还是太后一锤定音——不杀！死罪虽然躲过了，但活罪可难逃。苏轼被贬到了黄州当团练副使——也就相当于县武装部副部长。

黄州位于湖北省东部、大别山南麓、长江中游北岸。苏轼初到黄州的时候，可是受到了朝中敌对势力的悉心“关照”。当地政府故意为难他，害得这位新上任的干部连个住的地方都没有！你说这狼狈不？他只能暂时住在一座破庙里头。白天听着一群知了无尽的叫声，晚上呢，就透过破旧的窗户数星星。这位天才，可真是难以入眠啊！

他心里头想：“这辈子就这样过去了？这放在谁身上能甘心？”人到中年的苏轼，心里头可不是滋味儿。海德格尔曾经说过：“诗人的天职是还乡。”现在苏轼真的想回到故乡眉州去了。那个地方让他觉得安全，没有尘世间的那么多纷纷扰扰和钩心斗角。他开始努力剔除身上的锋芒——那种曾经伤害过很多敏感的人、同时也伤害了他自己的锋芒。他诚恳地剖析自己到底哪些方面还做得不够好。也许这就是成熟的表现吧！

虽然他们一家子不追求物质生活，但微薄的收入还是难以维持生计。工作之余，苏轼就带领家人开垦黄州城东

的一块数十亩的坡地，通过种田来贴补生计。从此以后，“苏轼”就开始向“苏东坡”蜕变了！生活虽然艰难，但还是得继续过。不过他也不怕，因为他本来就是一个有着人格魅力的生活家！他热爱美食、钟情于建筑；他挖鱼塘、筑水坝、养家禽；更多的时候他读书、练字、写诗，在每一方寸都挥洒着自己的感情。

元丰五年（公元 1082 年）十二月二日那天，黄州下起了大雪，积雪足有一尺厚。下雪期间，他在坡地上盖了间房子，还取了个名字叫“雪堂”。这地方后来成了他专门招待客人的好地方。总之他就有这么一种超常的能力，能把生活的小环境设计得活色生香、温馨又自在！从日常生活中，他还能品出哲学趣味来，感悟到生活的真谛，心灵也得到了前所未有的升华！就算外部环境再恶劣、再令人绝望，他也能把这种绝望变成希望，这就是咱们说的“生活家”啊！

不过，精神上的孤独还是让他难以忍受。在黄州的时候，他给很多过去的朋友都写了信，但回应他的人却寥寥无几。朝廷对东坡的态度，大家可都看在眼里。只要那些迫害东坡的高官还在位子上坐着，他们就不敢对这位好友表示同情和抚慰，哪怕是回一封信都不敢！“乌台诗案”的残酷，大家可都是领教过的；要是搞得不好，随时都有生命危险呢！

对于天生就爱交朋友、视朋友如命的苏东坡来说，这种没有社交的日子可真是憋闷坏了！既然人生这么喧闹却又无人对谈，他只好去跟古人对话了。他特别热爱儒家的坚毅精神、老庄轻视有限时空的哲学思想以及禅宗以平常心看待一切变故的人生态度。在这段时间里，他“爱”上了那个比他大 700 多岁的东晋名诗人——陶渊明！这位陶先生可是被称为“古今隐逸诗人之宗”。

苏东坡特别欣赏陶渊明那种“采菊东篱下，悠然见南山”的生活意境，简直就把他当成了精神导师一样崇拜着，甚至到了舍不得读陶渊明诗的地步了！每次他身体不舒服的时候，就找陶渊明的诗来读一读。但每次只读一篇，因为陶渊明的诗实在太少了，他怕读完了以后就没法排忧遣闷了，真是爱到了极致！对于陶渊明，苏东坡可是没有一丝一毫的批评，除了仰慕还是仰慕。他在给弟弟苏辙的信中就这样写道：“吾于诗人无所甚好，独好渊明之诗。渊明作诗不多，然其诗质而实绮、癯而实腴，自曹刘鲍谢李杜诸人皆莫及也。”他甚至还自比陶渊明再世——“梦中了了醉中醒，只渊明是前生”，真是痴迷到了极点。

除了跟古人聊天儿，苏东坡还学会了跟古迹唠嗑儿。当他跟古迹唠嗑儿的时候，震惊中国文学史的时刻可就到来了！

公元 1082 年的春天，花儿开得正盛的时候，雨水也是说来就来，挺应景儿的。苏东坡访遍了黄州，他特意把赤壁放在了最后一站去游览，因为他心里头有预感，那儿可能会有惊喜等着他。

果然，他第一次到黄州城外的赤壁山游览的时候就惊呆了！赭红色的石头，令人惊叹的悬崖，奔流的江水，还有那儿欲将人吹倒的大风……那里似乎浓缩了时空，藏着历史的密码似的。而这种密码，只有最至情至性的人才能用来开启那道幽深的历史之门。

他在那里完成了自己最著名的作品“一词二赋”。

苏轼一生宦海沉浮，历经北宋党争，他的晚年尤为坎坷，整个关键词就是“流放”，后来他又被贬谪了几次。

公元 1094 年，新党再度执政，苏轼被贬惠州（今广东），写下“日啖荔枝三百颗，不辞长作岭南人”。

公元 1097 年，苏轼再被贬到儋州（今海南），成为宋代被贬最远的官员。他在海南办学堂、传文化，深受百姓爱戴。

公元 1100 年宋徽宗即位后，大赦天下，苏轼北归途中病逝于常州（公元 1101 年），终年 64 岁。临终前他留下“问汝平生功业，黄州惠州儋州”的自嘲。

在逆境中，苏轼始终保有“一蓑烟雨任平生”的洒脱，其作品与人生共同诠释了“超然物外”的文人境界。尽管晚年凄凉，他却以乐观精神与文学成就照亮了千年文坛，成为中国文化中“诗意栖居”的永恒象征。

# 熙宁变法：改革者的“猪”队友与“神”对手

中国历史上的改革，大多因为动了既得利益者的蛋糕，而招致保守派的疯狂攻击。但是，由王安石主持的“史上第一改革”（熙宁变法），却很不一样。如果用一句话来概括,那应该是这样——喜欢王安石的都是声名狼藉的“奇葩”，恨他的都是万中无一的“天才”。

话说王安石能一展才华，全靠宋神宗赵顼（xū）的支持。赵顼比王安石整整小 27 岁，心里很有危机感。他很明白，王朝表面热闹，实际上已暮气沉沉。开国才百年，全国士兵数量就增长了 4 倍，干部增长了 8 倍，像摊大饼一样。有人曾算过一笔账，一个学士以上的官员在朝任职 20 年，至少可以帮助兄弟、子弟 20 人在京做官。

“冗官冗兵冗费”，就像三根绞索，令大宋气若游丝。全国行政和参公人员的工资，几乎都发不出来了。军队也很业余，士兵们连枪都不会用，一旦与北方发生战争，绝对完蛋。

赵顼还有一个小目标——进入历史最强皇帝排行榜。就像他的庙号一样，很“神”。这个虚妄野心，王安石都看在眼里。王安石在29岁的时候就写过一首名诗《登飞来峰》，其中有传世金句“不畏浮云遮望眼，只缘身在最高层”。那时他只是一个小小的县长，就有这样的格局，实在难得。

熙宁元年（公元1068年）春天，48岁的王安石第一次见到神宗。离他写下《登飞来峰》整整20年。这20年，他在好几个地方历练，积累了行政经验。关键是，在大家都拼命朝上挤的时候，老王却“淡泊名利”，几次拒绝了朝廷的提拔。在没有互联网的时代，仅凭口耳相传，王安石的“江湖地位”已经高高在上，听者无不如雷贯耳。

所有这些，神宗都注意到了。两人见面后，气场十分契合，好得不能再好了。除了口头汇报，王安石还带了书面材料——《本朝百年无事札子》。此札被后世称为“北宋第一札”。在这个帖子里，王安石评点了宋太祖到宋英宗等五任最高领导人的工作业绩。总之，评价得很艺术，一方面克制地表扬，另一方面含蓄地批评。比如对美誉度很高的宋仁宗，王安石评价道：“仁宗啊仁宗，对外软弱，对军事及财政管理无当，选拔官吏无原则无标准，导致鱼龙混杂，面对自然灾害束手无策。”这几句批评有些大胆，毕竟那是神宗的爷爷。可是神宗一点也不生气，反而热血澎湃。因为王安石说到他心坎上去了。王安石不愧名列唐宋八大家，文采情怀杠杠的。

紧接着，王安石说了石破天惊的三句话，令神宗完全不能拒绝改革的提议了。这三句话是：“天命不足畏，祖宗不足法，人言不足恤。”意即：“天象的变化不必畏惧，祖宗的规矩不一定效法，人们的议论也不需要担心。”完全是离经叛道啊！可是，有新意。彼时的大宋，旧药方都已经不管用，必须有全新的思路。王安石就是那个药师，他知道范仲淹的“庆历新政”为何失败，因为太温和。他要发起一场“脱胎换骨”式的激进改革。

其实，“技术男”王安石虽然有才华有理想，却有个很大的缺点，就是极其清高自傲、难于相处，江湖人称“拗相公”。神宗想重用王安石的消息传开后，反对之声如排山倒海呼啸而来。

学士孙固摇了摇头说：“王安石是有才，但是没肚量。”参知政事吴奎眨了眨眼睛说：“王安石是有才，但是太轴。”副宰相唐介满面愁容地表示：“王安石是有才，但是性格有问题，会把天下搞乱。”神宗充分考虑了这些官员的意见，但他还是激动地任命王安石为宰相。

不过神宗根本走不出封建帝王的局限性，因为他身边围满了蛆虫。神宗登基的时候，朝堂内外，机会主义者层出不穷。最典型的一个，便是当时还年轻的蔡京。看到朝廷重文轻武，小蔡努力攻诗文和书法。王安石到汴梁任职的第二年，蔡京通过科举出道。看到王安石得势，他还没搞清改革是什么玩意儿，便拼命挤到王安石面前，自称铁粉。后来他的弟弟蔡卞成了王安石的女婿，他对改革就更加“死心塌地”了。事实证明，他的“只站队，不站对”策略是很成功的。傍上王安石这棵大树后，他的祖坟就开始冒青烟。他活了80岁，四度出任宰相，权倾一时，在整个宋代再也没谁了。

还有一代帅哥、酷爱辟谷的福建人章惇。很多人记住这个名字,不仅因为他参加了仁宗年间的“千古第一科举”，是小一号的王安石，更因为他屡次构陷好友苏东坡，直到后者临终之时。

还有郑侠，王安石的亲学生。改革正酣，郑侠忽然抛出一幅作品《流民图》质疑新法。这幅图成了旧党攻击新党的一颗炮弹，让王安石几乎吐血。

最后要提一下吕惠卿，一个极有野心又忘恩负义的人。王安石首次被罢相离开之时，将改革大旗转交给吕惠卿。但吕是个职业政客，为独霸权力，一上台就开始构陷打击王安石及其弟王安国。王安石的儿子王雱，据史料记载，也因为吕惠卿的反水而死。

除了神宗，以上这几位算是王安石的“核心”队友。支撑历史上最著名改革的，居然是这些居心不良、獐头鼠目的家伙。

如果说王安石身边的机会主义者太多，那在对立阵营的人却一个比一个强硬、一个比一个大咖。比如王安石的死对头司马光，就特别喜欢跟他对着干。

王安石改革计划的核心之一，是不加税费而令国库充

盈。对此，司马光笑了，他在各种峰会和论坛上大肆讥讽，说那是无稽之谈。王安石上位后，司马光马上辞职，躲回洛阳，用余年写下一部既有理论又有实践的巨著——《资治通鉴》。

文坛盟主欧阳修，曾是范仲淹的“死忠粉”，一直是为改革擂鼓助威的人，这次一反常态，旗帜鲜明地反对变法。其实，欧阳修与王安石同为江西老乡，曾是老铁，不知道为什么，后来两人就不对付了。王安石拜相后，欧阳老师第一时间向神宗提出辞职。神宗就此事向王安石征询意见，王安石说的毫不留情:“欧阳修此人，在一郡坏一郡，在朝廷坏朝廷，留之何用？”

一代文豪苏轼，也是王安石的政治对手。两人气场不合，怎么看对方都不顺眼。苏轼的父亲苏洵写过一篇《辨奸论》，暗刺王安石矫饰反常、不近人情，并预言他必将祸害天下。嘉祐六年（公元 1061 年），24 岁的苏轼参加制举，王安石是考官。苏轼在考卷中，系统阐述了自己的政治观，基本上与王安石两年前向仁宗所上的万言书背道而驰。从那个时候开始，王安石就开始对苏轼不满，多次给苏轼“差评”。在神宗面前，王安石多次打小报告，说苏轼是“恶马”“非可奖之人”“邪险之人”“不可大用”。

于是苏东坡写诗讽刺改革:“杖藜裹饭去匆匆，过眼青钱转手空。赢得儿童语音好，一年强半在城中。”——所谓的改革，都是假象，给百姓带来的苦难是真实的。他嫌不够，又写:“老翁七十自腰镰，惭愧春山笋蕨甜。岂是闻韵解忘味，迩来三月食无盐。”——没什么好说的，人生在世，“惨”就一个字。

巨人们同处一个时代，实属不易。他们的结局，注定遗憾，那就是渐行渐远。

正因为此，熙宁变法最终不可避免地失败了。其实神宗在位时，迫于压力就对部分政策进行了调整。神宗去世后，新法被废除，并引发了长期的新旧党争，加剧了北宋的政治分裂和社会矛盾，间接加速了北宋的衰落。

公元1127年的“靖康之变”中，金军攻破汴京，北宋灭亡，虽不能直接归咎于变法失败，但长期的政治内耗无疑是重要原因。

王安石主导的这场变法，被视为中国古代重要的改革尝试，其失败常被归因于既得利益集团的阻挠、执行层面的弊端，以及皇权依赖下改革的不稳定性。

# 《清明上河图》：北宋的遗像与一位画家的深情告白

在遥远的北宋，有一位年轻人，他不像他的前辈顾恺之那样才华横溢又带着几分痴黠，也不似后世的唐伯虎那般充满传奇色彩。他，就是张择端，一个名字永载史册的伟大画家。他的一生并未过多地纠缠于八卦与传闻，却以最深沉的情怀，牵挂着国家的命运。正是他，在生命中最灿烂的年华，创作了那幅震撼人心的《清明上河图》。

时光荏苒，回到公元 1101 年的夏天，汴京城郊的天空中偶尔划过几道闪电，映照着那间简陋的茅草屋。屋内，一位身材挺拔、浓眉大眼的青年正手持画笔，聚精会神地作画。他，便是张择端。从山东琅琊来到繁华的国都汴梁，他已度过了 3 年多的时光。然而，这位外省青年的生活并不如意，拮据的经济状况让他只能在这“城乡结合部”的茅草屋中栖身。尽管他时常为房租发愁，但心中的绘画梦想却从未熄灭。

张择端字正道，从名字中便可窥见他与儒学的深厚渊源。然而，在科举这条独木桥上，他走得并不顺利。尽管他付出了巨大的努力，但遗憾的是，他并未能在进士考试中脱颖而出。当时的北宋文人墨客如云，诸如苏轼、王安石等璀璨群星闪耀其中，在他们的对比下，他的才华在这片星空中显得有些黯淡。

当苏轼这位天王巨星离世时，整个大宋都为之悲痛。张择端也深感震撼，他开始反思自己的道路是否正确。有人建议他尝试新的方向，而绘画便成为他心中的新追求。当时的北宋文艺界正流行“界画”，这种起源于晋代的绘画门类以其工整写实、造型准确而著称。而当时的皇帝宋徽宗正是一位界画高手，他的《瑞鹤图》便展现了精湛的绘画技艺。

在徽宗的引领下，界画成了社会的新时尚。许多年轻人纷纷投身其中，张择端也不例外。相较于经书策论，他发现自己在绘画上更具天赋。于是，他毅然决然地报名参加了汴京界画培训班，决心在绘画领域闯出一片天地。他的才华很快得到了宰相蔡京的赏识，从而从一名落榜生蜕变为受人瞩目的画师。

12 世纪的汴梁城繁荣昌盛，无愧于当时世界上最繁华的城市之称。白天，街道上车水马龙、人声鼎沸；夜晚则更是热闹非凡，娱乐场所应有尽有。这座梦幻般的城市为人们提供了心灵的寄托，而记录下这座城市的时空瞬间则成为一件令人兴奋的事情。张择端深知，要画下这座巨大的城市不仅需要才情和勇气，还需要对细节的敏锐洞察。

为了积累素材，他走遍了汴梁的每一个角落。他仔细观察并记录着城市里的一屋一瓦、一草一木。那些琳琅满目的招牌形成了汴梁独特的风景线，让他流连忘返。而更让他着迷的则是这座城市中的居民。与隋唐时期不同，宋代的人口政策相对宽松，商品经济因此得到了空前的发展。农民纷纷涌入城市寻找更好的生活机会，这座城市也因此变得更加繁荣多彩。

张择端在笔记本上详细记录了上千个居民的信息，包括他们的姓名、籍贯、职业和爱好等。每当夜幕降临、万籁俱寂时，他的思维便开始活跃起来。那些密码般的信息在他的脑海中翻飞，激发着他无尽的创作灵感。他希望通过这幅画传递出更深层的意义，那便是命运。在这座大城市中，每个人都有自己的命运，而这些命运又与国家的命运紧密相连。

然而，《清明上河图》并非仅仅是一幅城市风景画，它更承载了张择端对王朝命运的深刻忧虑。在繁华的背后，他看到了太多社会的顽疾。如果徽宗皇帝不加以警惕和整饬，那么这个盛世的崩塌也许就在不远的将来。尽管太祖皇帝定下了不杀士大夫及上书言事人的规矩，但政策的执行往往会出现偏差。张择端希望通过自己的画作向皇帝传达出这些隐忧，以期引起他的重视。

身为山东人的张择端对边境的兵患有着切身的感受。金的威胁已经不再是空穴来风，而汴梁的繁华更让他深感忧虑。他在画中巧妙地融入了对各种社会问题的暗示：小商贩占道经营、交通拥堵暗示着城管失控；士兵在驿站随意坐卧、押送军酒则意味着军纪松弛；破败的城墙和无人修补的状况则透露出城防意识的淡漠；车夫将名画书籍运到城外销毁暗示着党争严重、文物遭到极大破坏；而消费水平的巨大差异则揭示了严重的贫富差距。这些社会问题如同一颗颗定时炸弹，随时可能引发社会矛盾的大爆发。

张择端生来便具有悲天悯人的情怀，他无法忍受这些社会问题的存在。他决心通过自己的画作将这些情绪传递出去，以期引起社会的关注和反思。经过两年的艰苦创作，《清明上河图》终于完成了。这幅长 5 米多的巨作不仅记录了汴梁城的繁华，更寄托了张择端对国家命运的深切忧虑。

当画作呈现在蔡京面前时，这位权臣不禁为之惊叹。画中的散点透视和精湛的技艺让他赞

不绝口。很快，这幅作品便被送入了深宫之中。徽宗皇帝看完画作后沉吟片刻，最后题下了“清明上河图”5个大字，并盖上了双龙小印。然而，他心中的不快却难以掩饰。这幅画过于真实、过于刺眼，它揭示了太多社会的阴暗面。这让徽宗感到不悦。因此，他并未将这幅画留在身边太久，而是找了个机会赐给了外戚向氏。

不久之后，金兵大肆入侵汴京，无数珍宝被劫掠至北方，《清明上河图》也在这场浩劫中流失。幸运的是，它最终落到了燕山府的张著手中。这位来自故国的文人看着这幅神作泪流满面。他为张择端写下了传记，让后人得以了解这位伟大画家的传奇故事。而那座曾经繁华一时的汴梁城，在金人的铁蹄下已化为废墟，它的繁华与忧愁则随着《清明上河图》的传承而得以留存至今。

如今，《清明上河图》已经不仅仅是一幅画作，它更是一个时代的缩影和张择端深情的告白。它让我们得以窥见那个已消逝的北宋王朝，感受那个时代的繁华与忧愁。而张择端，这位伟大的画家，也因为他的杰作而永载史册，成为后人敬仰的传奇人物。

# 靖康之耻：被打包带走的皇室

公元 1125 年的那个傍晚，天空如同燃烧的画卷，火烧云绚烂夺目。汴梁城，这座繁华的都市市声鼎沸，酒铺里店小二的嗓音清亮得能穿透云霄。街边，高大的银杏树伸展着它们有力的枝丫，仿佛在向天空诉说着什么。宽阔的汴河里，船只如箭一般穿梭，水鸟欢快地翻飞着。

“嘿，老张，你说这汴梁城，是不是比那江南还美？”一个酒客拎着酒壶，对身旁的朋友说道。

“那还用说吗？咱们这汴梁城，可是太祖亲自选的都城，地势平坦、气候温和、河湖密布、水道纵横，简直就是人间仙境啊！”老张得意地回答道。

然而，就在这座人间仙境里，一场前所未有的危机正在悄然逼近。

千里之外的大雪中，金国军队的铁骑如同乌云压顶，朝南方扑来。那数不清的军靴踩雪的声音，以及铠甲偶尔摩擦的声响，汇成一首整齐的、巨大的交响乐，令远在汴梁城深宫里的太子赵桓瑟瑟发抖。

“父皇，这可如何是好？”太子焦急地对徽宗说道。

徽宗一脸无奈：“唉，这都是我造的孽啊！如果当初我能勤政爱民，何至于此？”

就在这时，一位名叫李纲的大臣挺身而出：“陛下，事已至此，唯有禅位给太子，或许能有一线生机。”

于是，在百官的见证下，徽宗亲自主持了禅让大典，为自己的儿子戴上通天冠、穿上绛纱袍。赵桓半惊半喜地成了皇帝，是为宋钦宗。然而，他的悲剧也由此开始了。

徽宗是个自私的人，将烂摊子甩给儿子后，他高兴地带着蔡京、童贯等宠臣，借口烧香，连夜逃往安徽避乱。留下钦宗一人，面对那即将到来的风暴。

汴梁城有一个最致命的弱点，那就是首都四野平畴万里、无险可守，极易遭受攻击。这不，金国军队就像闻到了血腥味的鲨鱼，纷纷朝这座繁华的都市扑来。

“听说了吗？那金国军队可是人如虎，马如龙，上山如猿、入水如獭，其势如泰山，咱们大宋危险了！”市民甲一脸担忧地对市民乙说道。

“是啊，还有那‘六如给事’李邺，他去金营和谈回来，把金兵形容得跟天兵天将一样，把咱们大宋形容得跟虾蟹一般。这仗还怎么打啊？”市民乙无奈地摇了摇头。

就在这时，一个更糟糕的消息传来了。那“四尽中书”王孝迪竟然提出，如果汴京居民不乖乖地把家里的钱财交出来，金兵就将来个“四尽”：男子杀尽，妇女虏尽，宫室焚尽，金银取尽。

“这……这不是要逼咱们死吗？”市民们纷纷哀号道。

投降之风正在宋朝内部盛行。金兵作战顺利得多，一周之内，两路人马就抵达了汴梁城下。

钦宗无奈，只得前往金营，写降表，行大礼。好不容易回城，看到迎接他的臣民，不由得悲从中来，号啕大哭。

“陛下，金人的要求太苛刻了！他们要咱们交出金1000万锭，银2000万锭，帛1000万匹啊！”一位大臣哭着说道。

“这……这可如何是好？”钦宗无助地问道。

金人继续施加压力，说要杀入汴梁，屠城。钦宗无奈，只得再次到金营，向宗望和宗翰求情。这次他在金营的土坑上，一睡就是一个月。寒冬的整晚，他与随从又冷又怕、瑟瑟发抖。

自从金兵围城后，汴梁的风雪就没有停过。城中百姓无以为食，慢慢地开始吃树叶，甚至吃猫吃狗。疫病也来凑热闹，城内病死者不计其数。大街上门可罗雀，汴河上少见船只。这座曾经繁华的都市，如今变成了人间炼狱。

公元1127年3月20日，金人逼迫徽、钦二帝脱去龙袍，并贬他们为庶人。当时，随行的李若水抱着宋钦宗，不让他脱去帝服，还骂不绝口地斥责金人为狗辈。看惯了软骨头，忽然看到宋朝有这样的臣子，宗望不由得眼前一亮，他想招安李若水。但李显然没打算投降，还是一个劲地骂金人的祖宗八代。金兵实在受不了了，最终杀害了他。

这位忠诚的大臣，就这样惨死在了金人的刀下。

当汴梁皇城大门缓缓打开的瞬间，金兵开始了大规模的劫掠。宋历经 160 年的府库积累为之一空。无数艺术珍品被他们潦草地拴在牛车上，其中一幅就是张择端的心血之作《清明上河图》。这幅珍贵的画作，在金兵屠戮深宫后，上面已沾满血迹和灰尘。它被金兵随意地扔在牛车上，带回了金国。

宋徽宗不仅是一个皇帝，还是一个强烈的“恋物癖”。他的宫苑里收藏有上万件商周秦汉时代的钟鼎神器，还有数千工匠精心制作的象牙、犀角、金银、玉器、藤竹、织绣艺术珍品。然而，这些珍贵的藏品如今也成了金兵的囊中之物。这座曾经繁华的皇宫，如今变得空空如也。

为了尽量减少大宋的人口，金人到处杀人。史书记载：“杀人如刈麻，臭闻数百里。”这是一场前所未有的灾难，汴梁城内的百姓纷纷逃离，试图躲避这场浩劫。然而，金兵的屠戮却并未因此而停止。他们像疯狂的野兽一样，在城内四处搜寻、砍杀。无数无辜的百姓倒在了他们的刀下，鲜血染红了这片土地。

这是金人一次前所未有的胜利，除康王赵构得以侥幸逃脱外，赵宋皇族被一窝端。其中包括已经退位的宋徽宗赵佶以及康王赵构的生母韦氏、正妻嘉国夫人，以及 5 个女儿在内的 1 万多皇亲国戚及臣民，都成了俘虏。这一事件历史上称之为“靖康之变”。它标志着北宋的灭亡，也开启了南宋的悲惨历史。

金人命令徽、钦二帝及后妃、诸王、驸马、公主穿上金人百姓的服装，头缠帕头，身披羊裘，袒露上体，到阿骨打庙去行大礼。这是一种极端的羞辱，对于这些曾经高高在上的皇室成员来说，无疑是一种难以忍受的痛苦。钦宗的朱皇后忍受不了这种屈辱，当夜自尽身亡。她用自己的生命，捍卫了皇室的尊严和荣誉。

金人虽然文化水平不高，但还是为徽宗、钦宗父子俩起了两个“好听”的名字，一个叫“昏德公”，一个叫“重昏侯”。这两个名字充满了讽刺和羞辱的意味，无疑是对这对父子皇帝的极大侮辱。作为一代帝王和艺术天才的徽宗深感屈辱和无奈。有一天晚上他将衣服剪成条结成绳，准备悬梁自尽，但被钦宗发现并救下。父子俩抱头痛哭，却也无法改变这悲惨的命运。

公元1135年，徽宗死在土炕之上，钦宗发现时太上皇的尸体已僵硬。在继续坚持21年后（公元1156年夏天），钦宗的屈辱生活也终于结束。某个傍晚金主完颜亮命钦宗出赛马球。钦宗身体孱弱，不善马术，很快从马上摔下，被乱马铁蹄踩死。这位曾经的皇帝就这样惨死在了马球场上，他的生命和尊严都被无情地践踏。

如此惨剧，难怪南宋抗金名将岳飞一腔悲愤地写下《满江红》:“靖康耻，犹未雪。臣子恨何时灭？”这首词表达了岳飞对靖康之变的深深痛恨和对国家命运的忧虑。他渴望能够雪洗靖康之耻，为国家报仇雪恨。然而这却成了他一生都无法实现的遗憾。

# 建炎南渡：一代“跑男”本色

靖康之变，大宋皇室几乎遭到了团灭的厄运。然而，在这危难之际，却有一位九皇子康王赵构时任天下兵马大元帅，统兵在外，得以幸免于难。这位赵构，便是后来的宋高宗，他的故事，要从南宋建立说起。

靖康二年五月，赵构来到了南京应天府（今河南商丘），拜谒了祖庙，然后即皇帝位，改年号为“建炎”。后人因此称他为宋高宗。当时，金兵已经北撤，开封城虽然经历了劫掠，但仍然在宋人的手中。

摆在赵构面前的有三种选择：一是北伐，二是死守中原，三是南渡。这三种选择，就像三道难题，考验着赵构的智慧和决心。然而，赵构却选择了最为保守的一条路——南渡。他一路向南，南渡的第五个年头，局势才终于稳定下来。最后，他以临安府为“行在”（朝廷的临时住地），开启了南宋的历史新阶段。

说起赵构的南渡，那可真是一段“跑男”本色尽显的历史。靖康元年，金兵第一次包围开封，要宋朝的亲王、宰臣前去军中议和。宋钦宗把各位弟弟喊到面前，问谁愿意去。这时，金兵已经大兵压城，去了不仅九死一生，还难免遭受百般羞辱。因此，无人应声。就在这时，赵构站了出来，表态说他愿意去。临行前，他还对哥哥宋钦宗说：“朝廷若有便宜，勿以一亲王为念。”意思是，你们该怎么干就怎么干，就当我这个康王死了。

进入金营之后，赵构的表现也称得上硬气。金人安排了全副武装，列队示威。同行的张邦昌被吓得战战兢兢，赵构却面色平静，看不出虚实。完颜宗望想和赵构比箭术，意在羞辱他。结果完颜宗望把三支箭射成一条线，而赵构却射成了“品”字。后来宋兵夜袭金营，完颜宗望怒气冲冲地问罪，只看到一个跪地大哭的张邦昌，和一个神情自若的赵构。

完颜宗望认为赵构的表现完全不像一个宋朝皇室的亲王，宋徽宗赵佶、宋钦宗赵桓哪个不是唯唯诺诺，兵锋一指，马上奴颜婢膝。他越想越气，认为这肯定是宋人玩的调包计，以武将子嗣冒充皇家子弟。于是，他要宋人另送一位亲王到金营做人质；至于这个所谓的康王赵构，既然是假冒亲王，那留之无益，送回开封。

就这样，赵构凭借自身的胆略和实力，逃出了险地。然而，他当上了皇帝之后，这一身胆略、气势、武力，却似乎都凭空消失了。他变得软弱无能，一心只想着逃跑和保命。

赵构即位之初，把靖康元年守住开封城的名将李纲召回中央，任命他为宰相。然而当金人再次攻宋时，李纲和宗泽请赵构回到开封主持恢复大计，赵构的亲信黄潜善、汪伯彦却力主南逃。赵构最终发出了“巡幸东南”的手诏，这与他不久前承诺的“独留中原”完全是两回事。

紧接着，李纲被罢相，在任仅仅 75 天。赵构逃到扬州，把这个烟花繁华之地作为“行在”。他把国事都交给了黄潜善、汪伯彦这两个亲信，而对宗泽的再三劝谏却置若罔闻。宗泽一直给他写信，说开封如何如何重要，只要大家团结，怕什么金人呢？赵构收到信就装傻。结果，70 岁的宗泽气极而逝，临终前大喊三声：“渡河！渡河！渡河！”

不久之后，金兵长途奔袭扬州。由于距离太远，得知消息的人根本不信。所以，当金兵还剩一天到达扬州的时候，赵构才听说这个消息，吓得当场瘫倒在地。他的第一选择是逃跑，而忘了扬州城内还有守城部队 10 余万人，10 多倍于金军。

在赵构的带领下，大家行动极为迅速，很快就南渡到了杭州。而他们的身后，却是无数扬州军民被金兵围追堵截、大量死伤的惨状。赵构的软弱和无能，使他慢慢丧失了民心。而且在他的主张下，凡是赞成战略转移的手下不仅不责罚，还大部分被提拔；而主张抗击金兵的人则根本没有出头之日。

武将苗傅、刘正彦嫉妒逃跑的王渊升迁，又痛恨宦官

胡作非为，于是在杭州发动了兵变。王渊及部分宦官被杀。赵构不得不宣布退位，传位给两岁的儿子赵旉（fū）。虽然政变很快被镇压下去，但赵构唯一的儿子赵旉因此次折腾，于当年夏天夭折了。

赵构在杭州偏安数月后，发现金兵没有南下的打算，就将杭州升级为临安府，打算长居下去。然而不久之后完颜宗弼却兵分四路再次南侵，而且主要目标很明确，就是要杀掉赵构。

“一代跑男”赵构又给完颜宗弼写信求饶了。他在信中哀诉自己逃到南方后“所行益穷所投日狭”“以守则无人、以奔则无地”，请求金朝统治者“见哀而赦已”、停止向南攻击。这还是当年那个有胆色的康王吗？真是让人哭笑不得！

然而金兵却并不理会赵构的求饶，兵锋直指杭州。赵构的肺活量可真不一般啊！他一口气从临安府逃到越州（今浙江绍兴），又从越州逃到明州（今浙江宁波）。回头一看，发现金兵像王八一样根本没有停止咬人的意思，赵构只得率众坐楼船逃往定海（今浙江镇海），又渡海到昌国（今浙江定海）。

此时完颜宗弼已经领兵追到明州，还计划乘船入海追杀赵构。好在天公作美，金兵在追击途中遇上特大风暴，宋军水师趁机赢了一把。完颜宗弼不得不宣布全面完成“搜山检海”的预定目标，开始北撤。

金兵主力在北撤的路上，被勇猛的韩世忠、岳飞狠狠揍了几顿。尤其是在镇江的黄天荡，8000 宋兵围困了 10 万金兵，斗智斗勇 48 天。最后金兵凭火攻才勉强打开缺口向北逃窜。

听说金军北撤，赵构马上派人确认消息。认定消息属实后，他才从温州乘船北上回到越州（今绍兴），结束了长达 4 个月的海上流亡生活。次年（公元 1131 年），赵构改元绍兴，寓意“绍祚中兴”。虽然越州被升级为绍兴府，但那地方接待条件有限，赵构思念的还是临安府。

公元 1132 年，赵构终于回到了临安，宣告南渡结束。在逃往南方的时光里，中原无数军兵惨遭兵火之劫。有人说赵构最终测到了金国的底线，为大宋保留了最后的香火和机会。但其实，这更是一种耻辱。因为赵构虽然是个皇帝，但他更是一个“跑男”。他的南渡之路，就是一条逃避之路、

软弱之路。然而，历史总是充满了戏剧性。赵构的南渡，虽然让他背负了“跑男”的骂名，但也为南宋赢得了片刻的安宁和喘息之机。或许，这就是历史的无常和吊诡吧！

# 声声慢：一个才女的倔强

千古第一才女是谁？答案只有一个，那就是李清照。她如同一颗璀璨的星辰，穿越了现实的枪林弹雨，在诗词的天空中顽强地闪耀着她的光芒。这么多年来，她凭借独步天下的作品和高贵的灵魂，收获了无数“清粉”。尤其是那首著名的《声声慢》，后世至少有 36 位顶尖文学评论家争相评点，无不为之动容。

公元 1084 年，李清照出生于北宋齐州章丘（今山东省济南市章丘区）明水镇的一个书香门第。她的父亲李格非，也是个搞文学的高手，酷爱写诗，名气大得很。据说这位进士出身的作家还做过礼部员外郎（七品官）。巧合的是，同时期的著名书法家米芾也在这个岗位上干过几年。

想象一下，能和苏东坡这样的“大 V”（文坛领袖）以文相交，互敬互推，李格非的文采肯定也非同一般。而他的妻子王氏，更是来头不小，祖上几代都是进士，祖父王准曾受封为汉国公，父亲王圭在宋神宗当最高领导时，曾出任中书省平章事、尚书左仆射，这两个都是执掌国家枢要的职位。

李格非夫妇俩一辈子最伟大的“作品”，就是生下了一个叫李清照的女儿。李清照从小就过着无忧无虑的生活，她尤其爱看书。优秀传统文化的精神和气韵，通过文字浸透了她的每一寸神经。她就像一滴露珠，澄澈、轻巧、透明。她爱穿大袖衫襦，鹅黄衣裙，光芒炫目，充满魅力。

18 岁那年的春天，桃花肆无忌惮地开放时，她嫁给了 21 岁的金石家赵明诚。金石学，那可是个高大上的学问，主要研究前朝的铜器、碑石，特别是其上的文字铭刻及拓片，广义上还包括竹简、甲骨、玉器、砖瓦、封泥、兵符、铭器等一般文物。

李清照很爱自己的老公，慢慢地，她也爱上了金石。她在《金石录后序》中记录，每当领了工资，夫妇二人就手牵手，到相国寺的市场买古玩，回家研究、欣赏。他们在阅读的时候还玩一种游戏，那种游戏在现代人求学期间并不陌生——互相要对方答出某句话的出处，回答精确到页码和行数；回答错了，要罚喝一杯茶。

婚后第五年，李清照随赵明诚搬家到青州，此后在那儿生活了整整 20 年。然而，公元 1127 年却是一个多事之秋。李清照人到中年（43 岁），迎来了她人生的分野。那一年金兵的铁蹄踏破青州，她的生活陷入颠沛流离。

那年 3 月，赵明诚的母亲在南京去世，赵明诚先行南下奔丧，李清照暂时留在家中看管书籍和文物。5月，徽宗、钦宗二帝被俘，北宋灭亡。李清照家有大量书籍文物，装满了10多间屋子；金兵攻陷青州时，大部分被焚毁。

当年8月，李清照带着剩下的15车书籍文物，千里迢迢到南京投奔丈夫，辗转4个月才抵达目的地。可惜团聚才一年半，赵明诚就在那个夏天病逝。当时清照46岁。她开始大量写词。文字，确实可以拯救人的灵魂。

可她的人生苦旅才刚刚开始。金兵继续入侵浙东、浙西，李清照安葬好丈夫后，追随流亡中的南宋朝廷，带着沉重的书籍文物开始逃难。她从南京出逃，经越州、明州、奉化、宁海、台州，后漂泊在海上，又从海上回到温州。从逃亡路线看，她一直追随着皇帝赵构。她想，保全手中这些文物的最佳方法，就是尽数捐献给国家。

公元1131年3月，在浙江绍兴的一户姓钟的人家，李清照当年与丈夫收集的金石古卷共五大箱文物被贼人破墙盗走，令她备受打击。在她渴望温暖的时候，一个叫张汝舟的渣男出现在她的生活中，向她大献殷勤。

张汝舟，一个情场阴谋家，具有感情骗子的典型特征：风流倜傥、口才出众、彬彬有礼、死不要脸。李清照相信了张汝舟的“如簧之说”“似锦之言”，嫁入了张家。然而不久她就发现张汝舟是个伪君子，他只是想获取李清照身边的金石文物。

张汝舟三天两头索取逼迫，有一次酒后甚至出重手打了新婚妻子。李清照忍无可忍，无奈之下，决定告上公堂，

打离婚官司。那时候，两人结婚才 3 个月。在宋代，妻告夫是惊世骇俗、闻所未闻的事情。李清照同时告发了张汝舟的欺君之罪——张将李清照娶到手后洋洋得意，曾把自己科举考试作弊的事拿出来自夸。



宋朝法律很不人道，女人告丈夫，无论对错输赢，都要坐牢两年。但李清照是一个在感情生活上决不凑合的人，刚烈不屈，宁肯受皮肉之苦，也不受精神的奴役。她在给友人的信中说："猥以桑榆之晚景，配兹驵侩之下材。"

这位诗词天才，不仅在文学上独树一帜，敢在常人不敢下笔的地方痛下笔墨；在个人生活上也是封建时代的奇女子，果断坚强，拿得起放得下。颠沛的生活，最能看出一个人的气节。

这场官司惊动了当时的皇帝赵昚，张汝舟被发配到柳州，不久病亡。李清照也随之入狱。幸运的是，由于

李清照的名声太大，从庙堂到民间粉丝众多，很多人为她打抱不平。主审此案的綦崇礼顺应君心民意，努力协调，清照只坐了 9 天牢便被释放出狱。

出狱后的李清照，生活依旧艰难。她喜欢上了一个孙姓朋友的女儿，10 多岁，漂亮聪颖。一天，她正在伏案疾书，懂事的小姑娘帮她倒了一杯茶。清照点头笑笑，将孩子搂在怀中。

“孩子，记得多学点东西，我老了，你愿意拜我为师吗？”李清照满怀期待地问道。

没想到孩子脱口而出：“才藻非女子事也。”

清照听后，不由得一阵晕眩。原来，多年的坚持和追求，在人们看来一文不值，自己仍是一个异类。一个女人有才华，错了吗？她只不过是为了在这痛苦的人世，找到一个呼吸的出口——用文字为自己遮风挡雨。

一种可怕的孤独向她袭来。这个世界上再也没有一个人能读懂她的心。唯一可与她做伴、永远不会离开她的，是文字和诗词。有的评论家惊讶于李清照的文才，总是能用寥寥数十字打动人心。

“词压江南，文盖塞北。”他们赞叹道。李清照对意境的感悟力超群，源于她那个伟大的灵魂。据说，不少人读她的词，居然情不自禁地流下眼泪。

跟一些擅长抒怀的女词人一样，她初期的作品，只是练笔之作。但当别人在沉重的生活压榨下消声无息的时候，她却像一座暗自生长、桀骜不屈的山峰，忽然高耸入云。

奇迹，都是在厄运中产生的。

她的词，有的前乘后继，一泻千里；有的层层设疑，含蓄委婉；有的上情下景，情景交融。比如：“花自飘零水自流，一种相思，两处闲愁。”再比如：“此情无计可消除，才下眉头，却上心头。”

特别是那首和着血与泪的千古绝唱《声声慢》，极尽沉郁凄婉，主要抒写的是她感情生活的痛苦和对国家、民族的忧心。她像一叶孤舟在风浪中无助地飘摇，国事已难问，家事怕再提，只有看秋风扫着黄叶在门前盘旋。

晚年的她，愈加思念亡夫赵明诚。她茫然地行走在杭州深秋的落叶黄花中，用尽全身力气，吟出这首《声声慢》：

> 寻寻觅觅，冷冷清清，凄凄惨惨戚戚。乍暖还寒时候，最难将息。三杯两盏淡酒，怎敌他、晚来风急？雁过也，正伤心，却是旧时相识。
>
> 满地黄花堆积。憔悴损，如今有谁堪摘？守着窗儿，独自怎生得黑？梧桐更兼细雨，到黄昏、点点滴滴。这次第，怎一个愁字了得！

这首词，字字句句都寄托着李清照对逝去岁月的思念和无奈。她的才华和坚韧，在这首词中得到了最完美的体现。她，千古第一才女，用她的笔，书写了她无助而又坚韧的一生。

# 隆兴北伐：败于内部不团结

绍兴三十二年（公元 1162 年），春意盎然时，宋高宗赵构终于决定卸下肩上的重担，把皇帝的宝座传给他的养子赵眘。这就是史书上的宋孝宗。宋孝宗 5 岁时就被宋高宗选中，带入宫中抚养，到他继承皇位时，已在皇帝身边度过了整整 30 年。

这 30 年，风雨飘摇，宋金之间打打停停，南宋朝廷曾一度南逃海上，历经了岳飞惨死、秦桧老死等无数变故。孝宗赵眘，是个有血性的皇帝，不像高宗那样能忍，刚上台就决心讨伐金国，誓要恢复北方的失地，提高南宋在宋金关系中的地位。

为了发动主战派，宋孝宗决定为岳飞平反。岳飞冤死已经 20 多年了，朝堂和民间一直有为他平反的声音，但都被压制。孝宗即位前一年，金主完颜亮南侵，为岳飞平反的声音再度高涨。岳飞的旧部们也集体签名请愿，要求为岳飞昭雪。

为岳飞平反，意味着主战的声音胜出，但这还得看太上皇赵构的反应，毕竟以前的事都是他做主。这次，赵构出乎意料地没有发表任何意见，这就算是对宋孝宗最大的支持了。这位皇帝在即位的第二个月，就为岳飞平反，并对秦桧构陷的其他冤案进一步做出处理，对已经死去的忠臣追封，活着的加官晋爵，继续为国效力。

孝宗为岳飞平反后，第一时间找来老臣张浚商议。这位老人位列“南宋中兴四大将”，当初非常器重岳飞。然而，赵构却对张浚有些不放心，觉得他“尚虚名，必误大事”。孝宗为难了，北伐是大事，必须有一个能压得住阵的人。但由于高宗几十年来的主和战略，南宋能打的武将掰着指头都数得过来。

自从淮西兵变后，张浚便引咎辞职，远离朝堂 20 多年。采石之战后，因无人可用，这位曾经的弃将才重新进入了决策者的视野。疑人不用，宋孝宗决定任命陈康伯、史浩和张浚为新的宰执大臣。

陈康伯是坚定的主战派，绍兴三十一年（公元 1161 年）在金军的攻势下，高宗想战略南撤，就是这个陈康伯说服他御驾亲征的。史浩则是宋孝宗的老师，一直想恢复中原。他还给孝宗推荐了一批人才，包括主战派胡铨、陆游等。一时间，南宋小朝廷仿佛变天了，主流声音是恢复中原，秦桧的旧党们则一一被驱逐。

大家都志在恢复中原，但怎么去恢复，却形成了不同的阵营。张浚年纪虽大，却仍旧勇猛，他认为最佳办法就是“打过去”，只有得胜才能恢复中原。史浩却不这么认为，南宋不仅缺将，还少兵，后勤也很囊中羞涩，简单说就是没多少钱，不足以支撑一场大型战争。而且金国的战斗力一直在线，不仅凭蛮力打，还懂得智取，对战场的进退之术研究得也很透。

“总之，我们自己实力有限，对手依旧能打，这令人头疼啊。”史浩摇头晃脑地说道。

“哼，我看你是被金人吓破了胆！”张浚不屑地反驳，“现在军民心中所向，便是立即恢复中原。民心可用，良机难得！”

“良机难得？我看你是急功近利！”史浩也不甘示弱，“北伐是肯定要的，但我反对冒险，北伐是个系统工程，要从长计议！”

两位重臣在朝堂上整整争论了 5 天，结果呢？还是没有结果。与此同时，大臣们对宋金和战的态度分化剧烈，朝堂之上，议论纷纷。

张浚抓住主要矛盾和关键人物，直接去见了孝宗，极力陈述北伐的可行性，并强调现在正是最佳时机。孝宗很为难，因为史浩毕竟是自己的老师，自己能上位，其贡献不小。

“皇上，臣知道史浩大人是您的老师，对您有恩。但是，现在事关国家危亡，我们不能因为私情而耽误了大事啊！”张浚恳切地说道。

孝宗叹了口气，他知道张浚说得对，但他也不想辜负史浩。他想了想，决定召开一次朝会，让大臣们共同商议此事。

朝会上，大臣们各抒己见，争论不休。有的人支持北伐，认为现在正是良机；有的人则反对冒险，主张从长计议。孝宗听着大臣们的议论，心中更加为难。

尽管这样，孝宗还是想做一个有勇气的伟大的皇帝。他决定轰轰烈烈地打一场。他也不是完全头脑发热，当时金世宗完颜雍刚掌握政权扫除了反对势力；加上前任完颜亮战死，金国也元气大伤，完颜雍想与宋讲和（这在历史上也是罕见的）。金朝的让步在于政治的不稳定。

南宋对金国的求和予以拒绝。金国无奈，指派仆散忠义为都元帅，坐镇开封，对南宋采取“以战压和”的政策。

然而，令人可喜的是，当时南宋又出现两大领军主将。在西北方向，大将吴璘趁完颜亮南侵，连续收复秦凤、熙河、永兴三路。吴璘本来就是名将。虞允文更是刚在采石之战中大败完颜亮，令士气高涨。

有吴虞两位在西北，金人断然不敢深入江南。刚遭到采石大败，完颜雍还在稳定内部。此时如果再派人攻击山东河北，就能打乱金国人的战线。

考虑到这里，为防止反对派干预，宋孝宗径自绕过三省与枢密院，直接向张浚和诸将下达北伐的诏令。张浚随即调兵 8 万（为让敌人害怕，号称 20 万），一路由李显忠带着攻取灵璧，另一路由邵宏渊带领进攻虹县（今安徽泗县）。

说到这两位大将，李显忠是绥德军青涧（今陕西清涧）人，胆略过人、武艺超群。他从出生时就很传奇，据说当时母亲几天生不下来他，有个和尚路过李家门说："所育乃奇男子，当以剑、矢置母旁，即生。"家人以宝剑、弓箭置于李母身旁，不久果然生下李显忠。真是天生武将一枚。

宋高宗初年，李显忠被迫降金，后全家老幼不幸遇害，又投于西夏，绍兴九年（公元 1139 年）回归南宋。先后仕于三国，是他一生为人诟病的地方。

而邵宏渊自入伍以来就是韩世忠的部将，他性格耿直、作战勇猛，十分难得。可是他有一点很致命，那就是勇敢有余、谋略不足。

两位大将以迥异的性格和经历，在此次大战中"搭班子"，为这次北伐埋下了隐患。李显忠一路打得很顺利，很快打下灵璧。关键在于他击败了金将萧琦的"拐子马"，这个"拐子马"曾让宋兵吃尽苦头，但再好的战阵也有被终结的一天。

邵宏渊那一路却久攻不下。李显忠想了一招妙计，他派灵璧的降兵去虹县劝降。这一招很管用，毕竟他们有共同的语言，虹县的金军居然真的投降了。

首战收复两县一州，孝宗很高兴。根据战场上的表现，他火速给李显忠和邵宏渊升官。但问题是他任命邵宏渊为李显忠的副手，彻底激化了两人的矛盾。

金国人的情报人员得知这一矛盾，觉得有空子可钻，建议马上开展反攻。当时金将纥石烈志宁率先头部队万余人攻宿州，被李显忠击败。紧接着金军 10 万主力赶到，李显忠只得求助邵宏渊。

可怕的是，在这千钧一发的时刻，邵宏渊竟然按兵不动。晚上邵宏渊的部下周宏又跳出来说，金军马上入城了！一时间宿州城的宋军人心惶惶，当金兵来袭时，便全线崩溃。

东线的溃败也影响了西北战线。宋孝宗听从史浩建议，主动放弃陕西。隆兴北伐至此终告失败。客观说，此败主要原因在于前线将领内部不和，此外还有宋孝宗犹豫不决、主和派阻挠。

战后，主张对金开战的张浚被降职，主和的汤思退复出，开始与金议和。宋孝宗欲扭转乾坤，却输在将帅不和及战场上的落败，最严重的是南宋军民的爱国热情受到沉重打击。投降派重新掌权，支持过张浚北伐的大臣接连被贬，陆游也因此由镇江调往隆兴府（今江西南昌）任通判。

这次北伐的失败对孝宗的打击很大。他本想借此机会恢复中原，却没想到会是这样的结果。

# 写诗狂人：其实我是一个战士

南宋是一个风云变幻、英雄辈出的时代。在这个时期，有一位人物独树一帜，他以卓越的诗词才华和对国家的深深忧虑而闻名于世。他，就是陆游，一个被历史铭记的文学巨匠。但鲜为人知的是，他内心深处始终将自己视为一名战士。

陆游，字务观，号放翁。他的一生仿佛被诗词与战斗激情所点燃，我们回望历史时，仿佛能看到他头戴高顶黑纱帽，身着细布襕衫、圆领大袖，腰间佩带着那把标志性的青色剑鞘的宝剑，可谓英姿飒爽。他那双深邃的大眼睛里，满溢着对普通百姓的热爱，对懦弱朝廷的不满，以及对金国侵略者的深深愤恨。

他的一生，高产得令人咋舌，竟然创作了 9362 首诗，平均 3 天就能写出一首。他如同一个倾诉狂人，高兴时写，悲愤时写，饮酒半醉时写，甚至梦境中也在写。那些字句，如同他的灵魂呐喊，穿越时空，回响在我们的耳畔。然而，对于后人给他贴上的“文学家、史学家、爱国诗人”的标签，他或许会轻轻摇头，微笑着强调：“我，首先是一名战士。”

的确，在陆游 85 年的生命中，最令他骄傲的并非那堆积如山的诗词作品，而是那短暂却刻骨铭心的军旅生涯。尽管那段时间只有半年多，而且是在他年近五旬之时，但那段经历却点燃了他心中永恒的烽火。

那是一个寒冷的冬日，当朋友带来邀请，希望他前往抗金前线时，陆游的反应如同一个热血青年。他从凳子上猛地弹起，眼中闪烁着兴奋与期待。外面寒风呼啸，仿佛也在为他壮行。他来到后院，挥舞着手中的长剑，每一次剑光闪烁，都映照出他内心的坚定与执着。练剑完毕，他的衣衫已然湿透，但眼中的泪水却止不住地流淌。那一刻，他等得太久太久。

陆游的一生，都被一种强烈的报国之心所驱使。他时刻准备着赶赴战场，与金国侵略者决一死战。这种无比强烈的爱国情感，如同一条主线，贯穿了他的一生。与岳飞相同，岳飞将“精忠报国”四个大字刻在背上；而陆游的报国之情，深深烙印在他的心头。

他毕生以抗金复国为最高人生理想。然而，这理想在当时却显得如此孤独与不被理解。满朝的投降派沉溺于温柔乡中，对于收复故土的宏伟目标，他们只是口头上说说而已。国家的衰落、朝廷的暧昧态度，让陆游屡屡叹息，内心的郁闷与愤怒难以言表。

然而，这位极爱夜读的男子，却从书中找到了慰藉与力量。他经常读书到五更天，是古今闻名的书虫。这种规律的读书生活，使他在年过八旬时仍然保持着眼不花、手不抖的健壮体魄。

我们深入了解陆游的家世背景时，会发现他出生于一个名门望族、藏书世家。这样的家庭环境为他提供了丰富的文化底蕴和坚实的学术基础。他的高祖陆轸是一位进士出身的高官；祖父陆佃则是精通经学的学者，曾官至尚书右丞；而他的母亲唐氏更是北宋宰相唐介的孙女。可以说，陆游是一个出身贵族的才子。

然而，这位贵族才子并未沉溺于温柔富贵乡中。相反地，他将文字运用到了极致。那些文字仿佛具有生命和温度一般，在他的笔下跳跃舞动。它们或悲愤激昂地诉说着战士的豪情壮志；或闲适细腻地描绘着生活的点滴琐事。这些文字都与他心中的战士形象息息相关，仿佛是他精心打扮后遗留给后世的精灵，在每一个字句中尽情地舞蹈与歌唱。

他的很多诗词都与战士、战斗、战场有关。这不仅是因为他出生于一个动荡的时代——公元 1125 年，金兵大规模攻宋的前夜——更是因为他内心深处始终燃烧着一股战士的热血和激情。那一年，他的父亲陆宰奉诏入朝，带领家人由水路进京。在船上，陆游的母亲唐氏生下了他。因为出生在水上，所以取名“游”。这个名字似乎预示了他一生漂泊不定的命运以及与水的不解之缘。

在陆游两岁的时候，金兵攻入了北宋的首都汴梁，将那座繁华的城市洗劫一空。这场浩劫给年幼的陆游留下了深刻的印象，也在他心中埋下了对金国侵略者仇恨的种子。随着年岁的增长，这种仇恨逐渐转化为一种强烈的报国之心和战斗意志。

在兵荒马乱的年代里，陆游一家算是幸运的。他们在一位将军的帮助下逃回了老家山阴（今浙江绍兴），陆游在那里度过了相对安定的童年时光。然而，国家的不幸和家庭的流离仍然给他幼小的心灵带来了不可磨灭的印记。这些经历塑造了他坚韧不拔的性格和矢志报国的信念。

从 10 多岁开始，陆游就学习兵书，希望有朝一日能够为国家效力、驰骋沙场。每当父亲讲述亡国的悲惨故事时，他内心就会生长出一种刻骨的仇恨和对金国的深深敌意。“等我长大了，我也要杀金狗。”这是年幼的他经常挂在嘴边的话语。虽然他对文字敏感且极具天赋，但他心中的偶像名单上排在前列的始终是那些抗金名臣、抗金名将，如李纲、种师道等人。

可以想象，46 岁的陆游第一次入伍时内心是何等的兴奋与激动，“早岁那知世事艰，中原北望气如山”，这句诗正是他当时心境的真实写照。虽然那段军旅生涯只有短短的 8 个月时间，却圆了他年少时就有的梦想和追求，也让他更加坚定了自己的战斗意志和报国信念。

陆游一辈子的大多数时光都是在书斋里度过的，他对书的痴迷程度也堪称疯狂，他甚至不惜一切代价去借阅

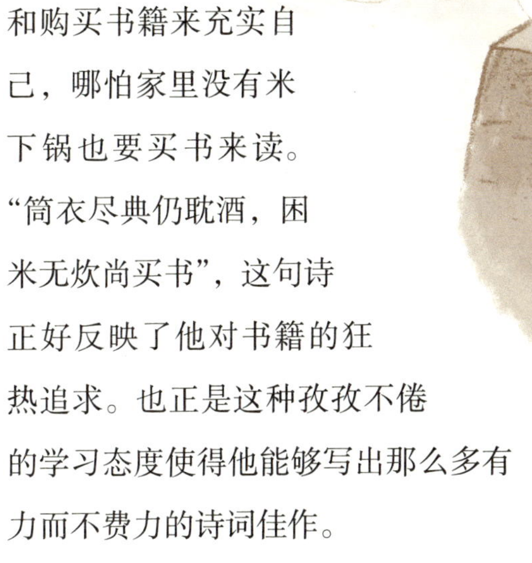

和购买书籍来充实自己，哪怕家里没有米下锅也要买书来读。“简衣尽典仍耽酒，困米无炊尚买书”，这句诗正好反映了他对书籍的狂热追求。也正是这种孜孜不倦的学习态度使得他能够写出那么多有力而不费力的诗词佳作。

作为一个才华横溢的才子，陆游自然想通过仕途来实现自己的政治理想和人生目标。然而，在28岁那年参加礼部主办的全国考试时，他因得罪权贵秦桧而遭到打压和排挤，虽然最终取得了第一名的好成绩，却因此失去了进一步发展的机会。这对他来说无疑是一个沉重的打击。但陆游并未因此而气馁或放弃自己的追求。

在后来的岁月里，他陆续担任过一些官职，但都是一些边缘部门的非重要职位。这并没有阻止他继续为国家和人民做出贡献，他爱民如子、勤政廉洁、恪尽职守，在任期间多次提出有益于国家和人民的建议和措施。只是他与当权者的政见不合，所以屡遭打击和排挤，甚至因擅自开仓赈灾而被罢官。

然而，这些挫折并没有挫败陆游的斗志和信念，反而更加坚定了他要为国家和人民奋斗终身的决心，“位卑未敢忘忧国”正是他内心的真实写照。他对朝廷的腐败和无能痛心疾首，并多次在奏章中直言进谏，希望皇帝能够严于律己、勤政爱民，但往往都是石沉大海、无果而终。

在有些同僚眼中，陆游是一个不合时宜的人。他们认为陆游的言行举止与当时的政治氛围格格不入，甚至有人从他的诗文中寻找所谓的“罪证”来攻击和打压他，但这些都无法改变陆游对国家和人民的忠诚与热爱。

尽管屡遭打击和排挤，陆游的名气还是越来越大，他的诗词作品广为流传并深受人们喜爱，这也使得朝廷不得不授予他一些虚职以示安抚。不过这些都无法满足他内心对战斗的渴望和对报国的执着追求。

在陆游 77 岁那年，宋宁宗召他入京，主持编修孝宗、光宗《两朝实录》和《三朝史》。这是他最后一次为朝廷做事，也是他一生中最为重要的时刻之一。他用自己的才华和智慧为后人留下了宝贵的历史资料，也为自己的报国之路画上了圆满的句号。

公元 1210 年，这位 85 岁的老人用颤抖的手写下了那首脍炙人口的《示儿》:“死去元知万事空,但悲不见九州同。王师北定中原日，家祭无忘告乃翁。”这首诗不仅表达了他对国家的深深忧虑和对未来的殷切期望，更成为他留给世人的最后遗言。在这首诗中，我们仿佛能够看到一个战士的坚毅与执着，也感受到了一个诗人的柔情与担当。

如今，斯人已逝，但那些充满激情与热血的诗词却永远留在了我们的心中。陆游，这个被后人尊称为“文学家、史学家、爱国诗人”的大家，其实更是一个永远的战士。他的精神将激励着我们一代又一代人勇往直前，为国家的繁荣富强而奋斗！

# 拍遍栏杆：最为热血的词人

公元1140年，当苏东坡已化作尘土、李清照在杭州苦熬晚年，粉丝们还在为谁是第一词人争得不可开交时，一位新的巨星在齐鲁大地横空出世，他就是辛弃疾。如果说苏东坡、李清照是文坛的璀璨明珠，那么辛弃疾，则是一颗划破天际的流星，带着热血与豪情，照亮了宋代的词坛。

那是一个惨淡的月夜，一个青年正在济南郊区追赶一个和尚，一追就是两天两夜，连坐骑都累得口吐白沫。这青年为何要如此拼命？原来，那和尚偷走了抗金义军的印信，准备献给金主。青年辛弃疾，作为印信的保管者，岂能坐视不理？他一路狂追，终于在第三天追上了那和尚。眼见无路可逃，和尚提刀反抗，却被辛弃疾一剑封喉，可谓干净利落。青年擦去剑上的血迹，在义军的“微信群”里发了两个字：“搞定。”此时，他尚未满21岁，却已是一名冷血剑客，他的剑快得匪夷所思。

辛弃疾出生时，家乡早已被金兵占领，成为敌占区。尽管宋廷孱弱无能，但人民却英勇不屈。公元1161年，金主完颜亮大举南侵，想一举灭掉南宋。然而，金兵战线拉得太长，金军的攻击力越往南越弱。后方沦陷区的人民不堪压迫，纷纷奋起反抗。辛弃疾就是其中的杰出代表，他从小苦练剑术、熟读兵书，立志要驱逐金人、恢复中原。

辛弃疾虽然寡言少语，但关键时刻却冷静果断。在金人内部矛盾爆发、一把手完颜亮被部下干掉、金军开始撤退的关键时刻，辛弃疾向义军领袖耿京建议："咱们得主动跟临安朝廷联系，利用这个机会光复中原！"于是，辛弃疾和战友贾瑞火速赶往南宋都城临安。然而，就在他们回程时，义军营中却发生了大事——耿京在海州被叛将张安国杀害，义军内部人心涣散。许多人建议辛弃疾先躲起来，但他却质问道："躲起来？你的良心不会痛吗？"于是，他率领50名骑兵夜袭金营，于数万敌人中活捉了叛徒张安国，并连夜狂奔千里，将其押解到临安正法。

那段痛快杀敌的时光，是辛弃疾一生回忆的亮点。后来他在《鹧鸪天》中写道："壮岁旌旗拥万夫，锦襜突骑渡江初。燕兵夜娖银胡䩮，汉箭朝飞金仆姑。"每次读之，人们都能感受到那凛然的杀气，仿佛辛弃疾就站在你面前，手持长剑、英姿飒爽。

然而，对于辛弃疾的出现，宋高宗赵构却并未表现出惊喜，甚至还有些担忧。他任命这个年轻人为江阴签判，相当于市委书记兼军分区司令员的秘书。从此，辛弃疾成了南宋的一名文职官员。他以为自己终于能报效国家，抵御外敌，于是五加二、白加黑地工作。可是，他却发现自己错了。

南宋官场是一个只懂享乐、不思进取的大染缸，上上下下讨厌武力，流行不抵抗主义；有理想有抱负的干部根本没有出路，主战派更是要靠边站。辛弃疾似乎遇到了一个假朝廷，从公元 1181 年到公元 1207 年，他被频繁调任多达 37 次，往往在福建、浙江、江苏等地为官时间不长就被罢官。总之，朝廷怕他、烦他，不想让他好好工作。

不过，幸亏还有很多人跟辛弃疾志同道合，担忧着这个国家的未来，希望拯救世道人心。公元 1175 年 6 月，“首届中国哲学高峰论坛”在江西上饶铅山县的鹅湖寺隆重举行（史称“鹅湖之会”），参会人员都是大咖——除理学大师朱熹之外，还有著名学者吕祖谦、陆九龄、陆九渊等。论坛结束后，鹅湖寺一带马上成了大宋著名的文化旅游景点，“鹅湖寺的鹅”长期霸占旅游文化类“公众号”第一名，发表的文章篇篇都是“百万加阅读量”。

据历史记载，那年冬天特别寒冷，很多人都被冻成了狗。无心赏雪景的辛弃疾窝在家里撰写新词《贺新郎·同父见和，再用韵答之》：“……男儿到死心如铁，看试手，补天裂。”虽然为官断断续续，但那些年，辛弃疾一直在坚持他的执政理念：对属下严苛，对百姓宽厚。

他对百姓有特别深厚的感情，觉得在相对和平的时期，

应该努力让群众休养生息、安居乐业。由于他的武将经历，朝廷曾派他平定南方的茶商叛乱。平叛结束后，他连夜给宋孝宗写了一封信。他控诉说:“田野之民，郡以聚敛害之，县以科率害之……而又盗贼以剽杀攘夺害之。不去为盗，将安之乎？”这段话的大意是，底层老百姓饱受压榨，不当盗贼，他们又怎么能活得下去呢？

他向朝廷建议：严格管束各级领导干部，给老百姓更多的生存空间，让他们生活得有尊严。他对手下的官吏非常严格，动辄追究法律责任。相比之下，他对百姓却极尽仁厚关怀。在福建做提点刑狱时，辛弃疾给犯人判罪的第一原则就是“宽厚”——这在福建几乎到了家喻户晓的地步。有一次，他还亲自复审某县60多名囚犯，释放了其中50多人。

不管在何处为官，辛弃疾都不停地给朝廷上书，在各种场合唠叨收复中原那些事儿。但是，没有人理他。无奈郁闷之时，他开始写词。宋朝已经有了苏轼、柳永、李清照这三位“巨咖”，写词纯属“自寻死路”。可是，勇武的辛弃疾，硬是在无路之处，砸开一条大道。就如后人对他的评价:“人中之杰，词中之龙。”

他自由挥洒，大大扩展了词的题材范围。写壮志豪情，他有《破阵子》:“醉里挑灯看剑，梦回吹角连营，八百里分麾下炙，五十弦翻塞外声。沙场秋点兵……了却君王天下事，赢得身前身后名。可怜白发生。”诉报国无门，他有《水龙吟》:“楚天千里清秋，水随天去秋无际……落日楼头，断鸿声里，江南游子。把吴钩看了，栏杆拍遍，无人会，登临意。”记乡村情趣，他有《清平乐·村居》：“茅檐低小，溪上青青草。醉里吴音相媚好，白发谁家翁媪？大儿锄豆溪东，中儿正织鸡笼。最喜小儿亡赖，溪头卧剥莲蓬。”玩婉约沉郁，他有《青玉案》：“蛾儿雪柳黄金缕，笑语盈盈暗香去。众里寻他千百度；蓦然回首，那人却在，灯火阑珊处。”总之，他一言不合就开写，写政治、写哲理、写朋友、写恋人、写田园、写民俗、写读书……只因为他深深地爱着这个世界。

生活虐他千百遍，他仍待生活如初恋。不管他手中拿的是剑还是笔，他永远在作战。他用自己的才华和热血，书写了一段段不朽的传奇，成为大宋第一“古惑仔”，也是最为热血的词人。在历史的长河中，辛弃疾如同一颗璀璨的星辰，永远闪耀着独特的光芒。他的故事，不仅仅是关于个人的奋斗和成长，更是关于一个时代的风云变幻和历史的沧桑巨变。让我们铭记这位伟大的词人，铭记他那颗永远燃烧着热血和豪情的心！

# 孟珙灭金：岳家军后继有人

南宋时期，有三位英勇的将领名垂青史，他们便是岳飞、毕再遇、孟珙。这三位将军之间，仿佛有一种神秘的传承力量在流淌。毕再遇，身为岳飞麾下猛将毕进的儿子，自然继承了岳家军的英勇。而孟珙，这位来自今湖北枣阳的豪杰，更是岳飞部将孟林之孙，他的血脉中仿佛就流淌着岳家军的战魂。

倘若我们将岳飞视作岳家军第一代领袖，毕再遇便是第二代，孟珙则当之无愧地成为第三代。岳飞心中那份矢志不渝的北伐梦想——洗雪靖康之耻、一泄臣子之恨，在毕再遇与孟珙的身上得到了延续。前两代都曾努力北伐，但功败垂成，未能彻底实现岳飞的遗愿。

然而，历史的轮回总是充满戏剧性。就在岳飞身死 92 年之后，孟珙终于率先攻破了蔡州城，与蒙古人并肩作战，共同分配了金哀帝的遗骸，夺取了金朝的国玺。那一刻，岳飞的梦想终于得以实现：靖康之耻得到了洗刷，臣子们的仇恨也得到了平息。

金国在那个时候已经是内忧外患，风雨飘摇。金宣宗即位那一年，蒙古大军分三路席卷而来，河北诸郡几乎无一幸免，仅有 11 城勉强坚守。金宣宗慌忙迁都汴京以避风头，这一举动却动摇了朝中人心，不少将领和官员纷纷效仿，各自寻求出路。

南宋朝廷看到金国的衰败，心中暗自欢喜。想当年，南宋与崛起的金国联手击败了辽国，却没想到金国转头就发现了南宋军队的软弱，于是心生贪念，企图灭宋。那段历史，成为宋人永远的耻辱。如今，历史再次重演，只不过这次轮到了金国衰败、蒙古崛起。

公元 1217 年，金宣宗企图从南边的宋人手中夺回在北边被蒙古人侵占的土地，再次发动了战争。但这一次，金国一败涂地，不得不与南宋展开和谈。而在这场战争中，一位璀璨夺目的新星脱颖而出，他就是孟珙，南宋人民的新希望。

宋金和谈之后，实现了短暂的和平。但战争形势依然波谲云诡。随后的几年里，蒙金战争连绵不断。经过三峰山会战、钧州战役等激战之后，金军主力损失殆尽，良将纷纷陨落。蒙古大军势如破竹地直逼汴京。

即使被大军围城，金军依然顽强抵抗了近一年之久。然而金哀宗最终还是选择了放弃，一路逃窜至归德府和蔡州。在这生死存亡之际，金国依然抱有一线希望。当时军

官武仙在南阳一带高举旗帜收拢溃兵，短短数月间竟聚集了 10 余万之众。

尽管金哀宗屡次恳请武仙率兵勤王蔡州，但武仙却有别的打算。他深知蒙古兵马的强大，不愿拿手下 10 万将士去以卵击石。经过与众下属的一番商议后，武仙将目光投向了四川这片富饶之地。

公元 1233 年，武仙派遣手下武天锡进攻光化军，意图打开入蜀的通道。然而他们却遭遇了孟珙的迎头痛击，最终落得个损兵折将的下场，武天锡也命丧孟珙之手。武仙见状赶忙调整策略，将目标转向北边的荆襄一带。

然而孟珙早已洞悉其意图，在武仙的必经之路上设下了埋伏，只等他自投罗网。当武仙率军抵达吕堰时，才发现自己已陷入绝境，前有大河阻挡后有山险拦截，更有伏兵不断出现。无奈之下武仙只得下令撤军。但此时金兵已损失惨重，被宋军斩首 5000 余人、俘虏民夫 3 万余人。

武仙的部下纷纷投奔孟珙，更有人主动提供情报。不久金兵营帐被孟珙偷袭，四处火起，许多金兵在睡梦中被烧死。孟珙率领主力直捣金军大营，还故意在西边留出一条生路，其实宋军在那里埋伏了大量死士，金军损失极为惨重，1.2 万多人投降。

此刻武仙除了逃跑别无他法。但因其手下叛变者众多，他的行踪被孟珙掌握得一清二楚，导致他步步遇伏。危急时刻武仙换上士兵的衣服才得以逃脱，而剩下的 7 万多金军见大势已去，只得选择投降。

就在孟珙击破武仙军队的同时，围攻蔡州的蒙古军都元帅塔察儿却遭遇了挫折，被防守的金军击败。在分析战争形势后，蒙古人再次向宋廷发出联合灭金的邀请。南宋朝廷也积极响应，调遣襄阳守军攻占邓州、唐州等地，切断金哀宗逃跑的退路，并指派孟珙领军两万赶往蔡州，与蒙古军一起对金国展开合围。

金哀宗以乞粮为名派使者挑拨蒙宋关系，试图利用外交手段避免灭国，然而为时已晚、大局已定。在正式开战前孟珙与塔察儿成了最好的朋友，两人天天打猎喝酒，后来更是结拜为兄弟，宋蒙联军对蔡州城展开铁壁合围，各个负责各自防区，包围圈也一天天缩小。

宋军士气高昂，在孟珙的身先士卒下，开

挖柴潭堤，放干潭水，用薪柴填平潭池。宋军将士冲到蔡州城下。金哀宗已经打完所有的牌，连妇女也被征募参加战斗。然而城被围困已久，城内粮食匮乏，士兵和百姓都陷入了绝望。

公元 1234 年新年之际，宋蒙联军分别从南边和西边发起进攻，如入无人之境。金哀宗知道国家已经没有未来，在城破之前，他哀求元帅完颜承麟接受自己的“禅让”。然而这一切都无法改变金国的命运。

正月初九，金哀宗禅让的第二天，宋蒙联军发动总攻，率先杀入蔡州城的正是孟珙的军队。他们发现城内正在举行禅让仪式，完颜承麟正穿上黄袍坐上龙椅。入城的宋军开始巷战，很快杀到西门，放蒙古军队进城。金哀宗自缢，新即位的完颜承麟率领群臣给他定下谥号后没多久就被宋蒙联军杀死。有人说完颜承麟可能是世界历史上在位时间最短的皇帝。

孟珙的手下找到金哀宗的尸体，将其分尸为二，一半归宋一半归蒙。金国的仪仗器械和玉玺等宝物也被瓜分，金国终于走到了尽头，历时 119 年的统治宣告结束。这里要特别提一句的是，在后来的蒙宋战争中，孟珙以一己之力统领南宋两大战场（川蜀、京湖），建立了一体化的防御体系，确保南宋政权挺过了宋蒙战争的前十几年，堪称英雄。

孟珙不仅是一位出色的武将。他高风亮节，为人所敬仰，更难得的是他对儒学和佛学也颇有研究，著有《警心易赞》一书传世。然而遗憾的是南宋皇帝的猜忌和打压，令这位英勇的将领最终郁郁而终，享年 52 岁。他的离世无疑是南宋朝廷的一大损失。但他的事迹和精神将永载史册，激励着后人不断前行。

# 过零丁洋：大宋最后的气节

公元 1236 年，一位大英雄在南宋横空出世，他就是文天祥。这位老兄，颜值和文章都是天赋异禀，简直就是才貌双全的代表。据《宋史》记载，他“体貌丰伟，美皙如玉，秀眉长目，顾盼烨然”。话说回来，虽然颜值高确实能给人加分，但他真正让人铭记的，可不是靠外貌。别急，文天祥还有他的第二大招——那就是他的锦绣文章，绝对是万里挑一！

文天祥的老爹文仪，虽然一辈子没做过官，但对书的热爱那可不是盖的，经常通宵达旦地苦读。有这样的老爹影响，文天祥自然也不甘示弱为此他还给自己取了个寓意深远的外号——文山。19 岁那年，他轻轻松松就拿下了庐陵乡试的第一名，成了当地的小学霸。

到了 20 岁，也就是宝祐四年（公元 1256 年），文天祥的人生迎来了第一个巅峰时刻。当时大宋的最高领导人宋理宗，一眼就看中了他的才华，钦定他为当届的科举状元。哎呀，这可真是春风得意马蹄疾啊！

但文天祥可不是那种只会读书的书呆子。他不仅有貌有才，还很有理想（这可是他的第三大招哦）。考中状元才过了 4 天，他老爹就患病去世了。文天祥按照规矩回家守丧 3 年，期间他一直在思考如何为国家、为人民做出更大的贡献。

守孝结束后，文天祥以满腔热血和意气风发之态，踏入了一个对外卑躬屈膝、对内碌碌无为的朝廷。如果他一辈子只做个太平官，那他可能就是个普通的状元而已。你知道吗？自科举制度开始以来，历史上虽然产生了 914 位状元（两宋时期就有 118 人），但几乎所有的状元都像流星一样划过天际，很快就消失在历史的长河中。因为他们往往没有个性、不愿折腾，一旦进入官场就随波逐流了——今天拜这个老师、明天认那个干爹，很快就失去了自我和初心。

然而文天祥却跟他们都不一样！他当官的第一年（那时他才 23 岁），就向腐败的官场射出了一支利箭！那是开庆初年（公元 1259 年），蒙古军队在准备了 20 多年后终于开始向宋朝发起猛攻。那些过惯了舒坦日子的南宋君臣们哪受得了这种刺激啊？在大宋王朝召开的紧急会议上，宦官董宋臣竟然第一时间向理宗提出了“迁都”这种馊主意来逃避问题！

哎呀呀，这可真是让人气愤不已啊！这个时候，只有文天祥勇敢地站出来表示反对，并向宋理宗上奏说："请求斩杀董宋臣以统一人心！"可惜的是，皇帝虽然名叫理宗，却并不怎么讲道理。那个提出迁都建议的宦官没受到任何责罚，文天祥碰了一鼻子灰，并因此郁郁寡欢，不久就请假回了江西老家……

但他并没有放弃自己的理想和信念！他一直憋着一股气，等待机会再次发声呢！几年后他官至刑部侍郎时，终于再次上书，一一列举了董宋臣的罪行！可惜，理宗还是不予理会。这可真是让人无语凝噎啊！

不过，来而不往非礼也！这次董宋臣可没再跟文天祥客气，他在黑市上花高价钱找了几个写文章的高手，专门搜集黑材料写告状信！于是，在几年之内文天祥的职务就被一贬再贬了，从瑞州知州、江南西路提刑到尚书左司郎官再到军器监（管武器制造的官职）……但他依然没有消极怠工。

比如在担任瑞州知府期间，他积极实行宽惠政策，并筹资建立了"便民库"来方便百姓生活。结果呢？那年年底一向交不起税的瑞州竟然还上缴了 5000 两税银，连皇上都惊讶不已！由此可见文天祥的治理能力和为民情怀是多么出色啊！

他在官位上真的是无所求，有段时间，他甚至主动要求去担任江西仙都观的主管。想想看，他当时才 27 岁，就想要退隐了。他一直在跟现实较劲，总是看不惯那些官场上的歪风邪气。没过多久，他又把矛头指向了一个更大的官，那就是宰相贾似道。

这个贾似道啊，地位可高了，是皇帝的小舅子。理宗平常都以“师臣”来称呼他，百官们也都尊称他为“周公”。可是文天祥呢，他就是不按官场规则出牌。有一次他有机会起草圣旨，字里行间都是对贾似道的辛辣讽刺，而且故意不提交审稿，就为了让大家看看这个宰相的真面目。

贾似道看了之后气得不行，马上就做了两件事：一是跟皇帝说，我病了要休假；二是暗地里命令手下的言官张志立马上行动，找个由头把文天祥给弹劾了、罢免了。就这样，一个月后，文天祥以 37 岁的“高龄”，被迫退休了。

退休后的文天祥并没有闲着。德祐元年（公元 1275 年），蒙古大军沿着汉水南下，直逼临安城。太后急忙发出《哀痛诏》，呼吁天下人共同保卫国家。当时 39 岁的文天祥，虽然已经退休了，但一听到这个消息，马上捧着诏书痛哭流涕。他经过几天几夜的思考，决定变卖家产、积极救国！

要知道，经过多年的积累，他的家产已经非常丰厚了。没过多久，他就聚集了 3 万多士兵，准备抵抗蒙古大军。朝廷看到这个情况，也觉得看到了一丝希望，就命令他火速前往京师增援。一些朋友劝他说：“元兵分三路南下进攻，他们的势力强大无比，你这几万人的队伍就像一群羊在和猛虎作战一样，没有胜算啊！”但文天祥却认为大宋抚育了臣民 300 多年，现在理应拼死捍卫国家，不然“后人会怎么评价我们呢”？

于是这位曾经的一介书生、从未拿过剑的人不得不穿起铠甲走上战场。在那年8月，他率领着自己的队伍赶到了临安城。此时的大臣们已经逃跑了大半，朝廷刚刚提拔了投降派吕师孟为兵部尚书，又封吕文德为和义郡王，想要与蒙古修好。文天祥看到这种情况，感到非常失望和愤怒。他向朝廷进言，详细分析了当下的形势，劝谏皇帝应该奋发有为，果断处理国家大事。在奏折的末尾他还请求朝廷处斩吕师孟，用以鼓舞军队的士气。然而朝廷并没有听从他的建议，太皇太后谢氏也装作没听见。

后来，文天祥被任命为右丞相兼枢密使，去跟元朝的丞相伯颜谈判。这伯颜口才也不咋地，说不过文天祥，一生气就把他给关起来了。后来在镇江的一次战乱中，文天祥瞅准机会成功逃脱。他下定决心要去南方继续抵抗元朝。

但你说人怎么能跟大势对着干呢？在蒙古兵那么强大的攻势下，大宋根本就扛不住，数不清的宋人成了蒙古人的囚徒。文天祥作为一个文臣，为了保卫国土，他带着将士们打了好几十场苦战，就连他唯一的儿子和母亲也在战争中不幸去世了。

在对元作战的同时，他还要兼顾百姓的安危，所以还得带兵去剿匪。在潮州，他把那个祸害一方的土匪头子刘兴给斩了。这也给他招来了祸患。侥幸逃脱的土匪陈懿向元将张弘范出卖了情报，结果文天祥在五坡岭被捕了。当时情况紧急，他吞食了两片樟脑，想自我了断，但因为喝了不干净的水拉肚子，没死成。在那种绝望的情况下，他

含泪写下了那首千古绝唱——《过零丁洋》。

辛苦遭逢起一经，干戈寥落四周星。
山河破碎风飘絮，身世浮沉雨打萍。
惶恐滩头说惶恐，零丁洋里叹零丁。
人生自古谁无死？留取丹心照汗青。

在元兵的大船上，他亲眼看到上十万宋军将士伏尸海上，大臣陆秀夫背着年幼的皇帝跳海自杀。他感到万念俱灰。为了速死，在被押往大都的路上，他整整 8 天没吃东西，想像不食周粟的伯夷、叔齐兄弟一样，饿死守节。但元兵可没想让他那么容易死，每天都强行往他嘴里灌点流质食物，硬是给他续着命。

到了大都后，他一个人被关在囚牢里，只有孤灯相伴。那种凄凉，别提了。元朝面对新打下来的大片国土，特别想有汉人来帮他们治理。这名单上排第一位的，就是文天祥。他们觉得，这文天祥是个人才啊，又能写又能说，还有领导才能，要是能为他们所用，岂不美哉？

可一轮又一轮的劝降过后，"封官"牌、"同事"牌、"亲情"牌统统失灵了。这下蒙古人也是彻底死了心了。至元十九年（公元 1282 年）十二月初九那天，文天祥终于结束了 3 年多的牢狱生涯，在大都柴市（今北京交道口）被处斩示众了。那时他才 46 岁。

# 襄阳之战：因贪腐而失败

公元 1234 年，蒙宋联军灭金。这次战争的胜利让宋理宗产生了一些幻想，总觉得收复中原故土的时机到了。

自负的理宗大手一挥，要求大军北伐，结果在“端平入洛”时惨败。

端平元年（公元 1234 年），南宋在联合蒙古灭金国后，决定出兵收复位于河南的原北宋东京开封府（今河南开封）、西京河南府（今河南洛阳）和南京应天府（今河南商丘）这三京。

由于粮草不济、缺少骑兵支援等原因，宋军最终被蒙古军大败，退回原来的防线。

这次军事行动导致蒙宋之间短暂而脆弱的“友谊”宣告结束，蒙宋战争全面爆发。

这下，蒙古人可找到了侵宋的理由。才几个月，当时的蒙古大汗窝阔台以南宋“背盟”为由，集结蒙古、女真、西夏等多方部队攻打南宋。

蒙古人的总兵力达50万人，决心彻底终结南宋小朝廷。首次交锋，南宋果然不是蒙古人的对手，蒙古人几乎没遇到什么像样的抵抗，而南宋可谓处处告急。

不过，蒙古人还没有彻底打掉宋人的希望。因为襄阳还在。虽然没有岳飞那样的猛将，但善战的孟珙一直在组织有效的抵抗。

公元1241年，窝阔台病死，蒙军开始北撤。这几乎是北方游牧政权的一个定律，即决策者病逝，重大军事行动必然发生转向。某种程度上也说明蒙古政权在制度设计上的缺陷。蒙古军主力悉数北归，蒙宋的第一次大规模对决，暂时告一段落。

窝阔台之后，接班的是孛儿只斤·蒙哥。经过10年的基本建设，蒙哥成了草原上说一不二的人物，攻宋再次成为主要议题。

所谓的基本建设，确实很有必要。

一是隔绝高丽、安南和南宋的外交联系，避免其得到外部政权的支持。

二是在广大的西南地区广泛设卡，主要目的是防止西南地区的战马流入南宋。

三是安排很多人在中原地区屯田，以适应南方地区的水土，为随时可能爆发的战争提供补给支持。

最后，蒙古人还有意识地训练水师（依靠降将），就跟当年曹操南下攻击东吴一样。

这次行动，就比10年前更靠谱、更严密、更有章法，攻击的主要目标是南宋的长江防御体系。

临安（杭州）地处东南，蒙古人如要南下，必然要解决渡过长江天堑的问题。在蒙哥看来，几路大军南下后，只要战略意图执行到位，一定能在汉口一带会师，然后攻击南宋的心脏临安。

最初的攻击，都很顺利，也都在计划之内。但谁也没料到，一个叫钓鱼城的地方挡住了蒙古战马的铁蹄。

蒙哥心急，亲自上阵，结果被飞石击中，最终不治而亡。

两次攻宋，前后横跨24年。也许是南宋命大，总能化险为夷。

而且，在与蒙军交战过程中，宋军也学乖了，他们围绕整个长江防线，建设了川陕、京湖、两淮三大战略防区。

蒙哥之后接班的，是他的四弟忽必烈。忽必烈要想有政绩，就得继续攻打南宋。

这时候，一个叫刘整的南宋降将，提出“先取襄阳、樊城，浮汉入江，直趋临安（今杭州）”。

为什么会选襄阳呢?

因为历史上很多次针对长江政权的战争，都是从解决上游开始的。

刘整生于公元1212年，看来他的历史学得非常好。同时他也是军界中人，所以提的建议，非常接地气。

等战争结束后，大家也会看到，这个建议非常有效果。

可当时很多蒙古人是没信心的，因为南宋虽弱，但他

们的防线还挺强。

尤其荆湖防线是当年战神岳飞带头构筑的，神得很。岳飞是不在了，但有他的接班人孟珙呢！

宋蒙战争爆发后，孟珙以一人之力统御南宋三分之二战线，成为南宋擎天之柱。

不说人的因素，襄阳、樊城的硬件也很强，其地处南阳盆地南端，依岘首山（今襄阳南）而峙，夹汉水而立，跨连荆豫、控扼南北，城坚池深、仓储丰厚。

真是一块难啃的硬骨头。襄阳之战前半段，南宋军人确实利用地形优势，躲过了蒙古兵雨点般的投石。

但蒙古人也不傻，及时改进了投石机的工作效率，令南宋将士吃了不少苦头。

但地形地势仍然无法突破，大多数时候，蒙古兵只得靠死围的方法。

还有一个对南宋不利的因素。当时把持朝廷大权的贾似道是著名的奸臣，脑袋不聪明，胆子还很小，很多决策笨得令人匪夷所思。

前有强敌，后有猪队友，这仗，宋军真的打得很吃力。

有些事情很奇葩，也可以当作一种强烈的预警，但南宋小朝廷没当回事。比如，两军对垒之际，蒙古人居然有机会贿赂京湖地区主帅吕文德。他们在获得吕文德的允许后，竟然以贸易为借口，悄悄建造防御据点。

这有点温水煮青蛙的意思，等到襄阳将士反应过来的时候，蒙古的包围圈已经形成。

元军使用的、原来由回回人制造的抛石机，又出现了升级版。经改良后，这种抛石机虽然小巧，威力却非常大。

襄阳是这种武器最好的“试验田”。在襄阳攻守的过程中，南宋和蒙古军人几乎动用了能动用的所有资源，也用完了所有计谋，包括力战、劝降、巷战等等。

战斗的最后阶段，南宋军队只能固守城池，蒙古人也不再着急，因为知道城里守军弹尽粮绝，接下来的事情就好办了。

一向能打的吕文焕最终还是投降了，因为他很清楚，再守下去，也只有困死城内。投降前，他只提了一个要求：保全城内百姓性命。

襄阳之战是蒙古帝国统治者消灭南宋政权的一次重要战役，是中国历史上宋元封建王朝更迭的关键一战。

明眼人都看得出来，如果不是南宋内部的腐败和无能，坚守时间可能还会延长。

襄阳陷落，南宋灭亡的大局已定。

后来即使出现文天祥那样的狠人，也无法挽回颓势了。

# 崖门之役：战争史上悲壮瞬间

800年前，是蒙古人的时代。

他们于公元1206年建立政权，公元1218年灭辽，公元1227年灭西夏，公元1234年灭金。这样的“成绩单”，很是亮眼。

灭金次年，蒙古人就开始打南宋小朝廷的主意。

之后的战期，有三个阶段。

第一阶段，蒙古掌权的是窝阔台。那时候南宋军民还是很团结的，让蒙古人的进攻，总是遭遇强有力的抵抗。

不过南宋也有糟心的事，比如一直以来的腐败问题。这种问题主要发生在文官身上，很是打击武将们的积极性，似乎从岳飞以来就一直如此。比如书生余玠以40岁“高龄”从军，一路开挂，在四川立下汗马功劳，说起来是个大功臣，却经常被迫害贬谪，最后无奈自杀。

第二阶段，蒙古人掌权的是蒙哥。那个时期，南宋的腐败愈演愈烈，最为典型的是贾似道专权。这是一个跟秦桧一样的主和派。

第三阶段，蒙古掌权的是忽必烈。这个阶段，蒙古攻宋进入实质阶段。最大的战果是攻破襄阳，南宋小朝廷的防线被撕破。

崖山战役是南宋最后一次有规模有组织的抵抗，也是中国历史上罕见的大海战。

南宋的命运，何以如斯？

之前说过襄阳之战，那场仗后，南宋就没了主心骨，一路滑向更大的失败。

公元 1278 年，忽必烈下旨，讨伐南宋小朝廷。

元朝丞相伯颜率军一路打到常州。因守军时降时战，伯颜一怒之下屠城。随后直逼南宋首都临安（今浙江杭州）。

宋廷眼见常州惨剧，提出求和，5 岁的宋恭帝投降。

但南宋的主战派并不愿投降，他们在礼部尚书兼禁军都指挥使江万载的领导下，带领两万禁军，保护杨淑妃和她的两个儿子（赵昰、赵昺）撤离临安，一路南逃到金华、福州。

那个时候，朝廷还是有几个能干的大臣的，包括陆秀夫、张世杰、陈宜中等。当然，最知名的是文天祥。

在福州，仅 7 岁的赵昰登基为帝，即宋端宗，好像脆弱的南宋又缓过一口气了，让人看到了希望。

可现实是残酷的，蒙古人一路追杀，福州很快沦陷，宋端宗率众逃到泉州。

屋漏偏逢连夜雨，当地土豪官吏看小朝廷江河日下，一路使绊子，向蒙古人邀功。

可怜的宋端宗在渡海时遇到台风，吓得半死，从此落下病根，最终在逃到珠海（也有人说是泰国境内）的时候驾崩。

在这个过程中，张世杰一直很嫉妒文天祥的才华和影响力，大肆排挤，导致内耗严重。

端宗死后，他 7 岁的弟弟赵昺登基，并将最后的据点选为崖山。小朝廷在当地建行宫 30 间，为太后与小皇帝议政之地，另有房屋 3000 余间，再往外就是大量的工事。

看得出来，逃亡到此，再无地方可逃。南宋军民举起抗蒙大旗，准备长期坚守。

浙江—福建—广东，这条逃亡路线，就像当年南宋开国皇帝赵构一样，放弃开封，一路逃到杭州并在当地偏安。

形势很凶险，因为被排挤的文天祥不久被俘，其手下的军队全军覆没。看看广东其他地方，基本都成了蒙古人的势力范围。

也就是说，崖山的南宋小朝廷，其实已呈孤立无援之势。

说完背景，再说兵力。据说两万南下元军里，纯正蒙古人只有 3000 人左右。带兵的主将，分别是汉人及西夏皇室后裔。

只能说，蒙古人真会打仗，这么重要的战役，都不派自己人。

蒙古人只有几万杂牌军队，为何打败了宋朝的十几万军队？大的方面，主要是南宋气数已尽，再怎么努力都是苟延残喘。

南宋的统治者们，早干吗去了？

其实无论在长江，还是在大海上作战，南宋其实是有优势的。因为“南船北马”，蒙古人虽将马战技术发挥到极致，但对于水战，他们有一种天生的隔膜。

正因为此，胶西海战，宋军3000破敌数万；而在采石之战中，虞允文也大破完颜亮。

此处有个关键人不得不提，那个人就是潼川路安抚副使刘整，他因被同事诬告，于公元1261年愤而投降蒙古。这对南宋的水军建设是一个巨大的打击。

这种恶劣影响，一直持续到南宋灭亡。

到了公元1279年的崖山海战，宋军还有一定优势，却完完整整吃了一个大败仗。

据说，蒙古方面参战的船只大约只有300艘；而南宋呢，有“大舶千余”，可谓瘦死的骆驼比马大。

南宋有强大的水军，但主将张世杰很悲催，几年前他指挥焦山之战，手下有数千战船，“以十舟为方，碇江中，非有号令毋发碇”，即用铁索将战船连在一起。而蒙古人很聪明，果断火攻。

然而，张世杰在同一个地方跌了两次跟斗，崖山海战中他再次将战船连在一起，就像一个迟钝呆板的巨无霸。

这次蒙古人没有用火攻，因为宋军有专门的防范——以泥涂在战船外面，并横一根长木抵挡。

蒙古人采取的方法是死围，切断对手退路以及海上补给线，这一招跟当年的襄阳之战有很大的相似之处。

还有一个特别有意思的线索，崖山海战的对垒双方，主将都姓张，还是族兄弟。

蒙古方面是张弘范，南宋方面是张世杰。两人各为其主，此前曾多次交手。

《宋史》记载："张世杰，范阳人。少从张柔戍杞，有罪，遂奔宋，隶淮兵中，无所知名。"

由此看来，张世杰不仅跟张弘范是兄弟，前者还是后者父亲的老部下。

所以很多人说，这次海战实际上是两兄弟的战争。

其实张弘范是个不错的人，他主张不杀战俘，这在蒙古人的军队里是个例外。

在与张世杰对垒时，他也对这位族兄很是敬重，多次劝降。但张世杰认为："为人臣者，当为君尽心，为国尽忠，为民尽力，即使君王负我，我亦当报以忠诚，以求上无愧于苍天，下无愧于百姓。"

说得多好，这样的精神境界，可与一代气节汉子文天祥比肩。

文天祥的那首殿堂级的诗作，一直回落在人们耳畔。

辛苦遭逢起一经，干戈寥落四周星。
山河破碎风飘絮，身世浮沉雨打萍。
惶恐滩头说惶恐，零丁洋里叹零丁。
人生自古谁无死，留取丹心照汗青。

全诗爱国热情喷涌而出，慷慨激昂。尤其最后两句，乃千古金句，是作者对自身命运的一种毫不犹豫的选择，历来为人们赞叹。

整个战争过程，不再赘述。它是宋军不断被挤压空间，直到最后一口气的过程。

最终，宋军四面楚歌，大败，300 多年的赵宋天下结束。

经过崖山海战，马背上的军队扬眉吐气，改变了世人“蒙人不善水战”的论断。

虽然战争失败，南宋最后的背影却赢得了对手尊敬——有骨气的丞相陆秀夫背着南宋小皇帝投水自尽，军民大多跳海殉国。

据《宋史》记载，海战后 7 天，海上浮尸 10 万。

有人评价说，这是历史上十大悲壮瞬间之一。